各有各的活法

冯骥才

著

天津出版传媒集团

天津人民出版社

图书在版编目 (CIP) 数据

各有各的活法 / 冯骥才著 . —— 天津 : 天津人民出
版社 , 2021.12

ISBN 978-7-201-17772-4

Ⅰ . ①各… Ⅱ . ①冯… Ⅲ . ①中国文学 – 当代文学 –
作品综合集 Ⅳ . ① I217.2

中国版本图书馆 CIP 数据核字 (2021) 第 213707 号

各有各的活法
GEYOUGEDE HUOFA

出　　版	天津人民出版社	
出 版 人	刘　庆	
地　　址	天津市和平区西康路 35 号康岳大厦	
邮政编码	300051	
邮购电话	（022）23332469	
电子信箱	reader@tjrmcbs.com	

责任编辑	李　荣
装帧设计	尚燕平

印　　刷	北京金特印刷有限责任公司
经　　销	新华书店
开　　本	889 毫米 ×1194 毫米　1/32
印　　张	8.5
字　　数	200 千字
版次印次	2021 年 12 月第 1 版　2021 年 12 月第 1 次印刷
定　　价	49.80 元

目录

小说 001

抬头老婆低头汉 ———— 003

酒婆 ———— 025

小杨月楼义结李金鏊 ———— 028

黑头 ———— 033

黄金指 ———— 038

龙袍郑 ———— 044

炮打双灯 ———— 048

陌客 ———— 071

老夫老妻 ———— 080

楼顶上的歌手——一个在极度压抑下浪漫的故事 ———— 089

末日夏娃 ———— 105

散文 143

夕照透入书房 145

逼来的春天 148

苦夏 153

冬日絮语 157

往事如『烟』 161

歪儿 167

花脸 171

黄山绝壁松 176

水墨文字 179

致大海——为冰心送行而作 188

维也纳春天的三个画面 197

燃烧的石头——罗丹的私人化雕塑 201

最后的凡·高——1888年2月21日—1890年7月29日 211

天才的悲剧 225

随笔
231

低调　　　　　　　　　　　　　　　　　　　　　　　　233

体内的小人　　　　　　　　　　　　　　　　　　　　236

鲁迅的功与『过』——国民性批判之批判　　　239

沉默的脊梁　　　　　　　　　　　　　　　　　　　247

思想与行动　　　　　　　　　　　　　　　　　　　249

摸书　　　　　　　　　　　　　　　　　　　　　　　252

关于敦煌样式——为纪念藏经洞发现百年而作　254

小说

抬头老婆低头汉

一

这世上的事说复杂就复杂，说简单就简单。要说复杂，有一堆现成的词儿摆在这儿，比方千形万态、千奇百怪、千头万绪、千变万化等，它们还互不相干地混成一团，复不复杂？要说简单——那得听咱老祖宗的。咱老祖宗真够能耐，总共不过拿出两个字，就把世上的事掰扯得清清楚楚明明白白。这两字是：阴阳。

老祖宗说，日为阳，月为阴，天为阳，地为阴，火为阳，水为阴，男为阳，女为阴，对不对？大白天，日头使足力气晒着，热热乎乎，阳气十足，正好捋起袖子干活；深夜里，月光没有什么劲儿，又凉又冷，阴气袭人，只能盖上被子睡觉。日，自然是阳；月，自然是阴。至于天与地、水与火、男与女，更是阴阳分明，各有各的特性。何谓特性？阳者刚，阴者柔。然而单是阳，太刚太硬不行；单是阴，太柔太弱也不行。阴阳就得搭配一起，还要各尽其能，各司其职。比方男女结为夫妻，向例都是男主外，女主内；男人养家，女人持家；男人搬重，女人弄轻……每每有陌生人敲门，一准是男人起身迎上去开门问话，哪有把老婆推在前头的？男人的天职就是保护女人，不能反过来。无论古今中外全是这样。这叫作天经地义。

可是，世上的事也有格路的、另类的、阴阳颠倒的、女为阳男为阴的，北方人对这种夫妻有个十分形象的俗称，叫作抬头老婆低头汉。

二

这对夫妻家住在平安街八号一楼那里外间房。两人同岁，都是四十五。

先说抬头老婆。姓于，在街办的一家袜子厂当办公室主任。但从来没人叫她于主任，不论袜子厂上上下下还是家门口的邻居都喊她于姐。这么叫惯了，叫久了，连管界的户籍警也说不出她的名字来。

于姐精明强干。鼓鼓一对球眼，像总开着的一对小灯亮闪闪。她身上的一切都和这精明外露的眼睛相配。四十开外的人，没一根白发，满头又黑又亮齐刷刷。嘴唇薄，话说得干脆利索；手瘦硬，干活正得用；两条直腿走路快，骑车也快，上下车蹁腿时动作像个骑兵。别小看了这个连初中也没毕业的女人家，论干活她才是袜子厂的一把手。凭着她勤快能干，办法多，又不惜力气，硬叫这小厂子一百来号人有吃有喝有钱看病一直挨到今天。

再说低头汉，姓龚。他可不如他老婆，不单名字——连他的"姓"也没人知道。所有熟人，包括他老婆都叫他老闷儿。

他人闷，模样也闷，好像在罐里盒子里箱子里捂久了，抽抽巴巴，乌里乌涂。黑脸的人本来就看不清楚，一双小眼再藏在反光的镜片后边，很难看出他的心思。他从不张嘴大笑，不知他的嘴是大是小。虽然没听说他有什么病，但身子软绵绵，站直了也是歪的。多少年来，他一直像个小学生那样斜挎着一个长背带的黑色的人造革公文包上下班。他在大沽路那边的百货公司做会计。有人说他这样挎包是因为包里边装的全是账本，提在手里不保险，会丢，会被抢，套在身上才牢靠。他走路很慢，不会骑车，每天走路要用很多时间，他为什么不学骑车呢？不爱说话的人的道理是无法知道的。

他的脚步极轻，没有声音。这脚步就像他本人，从不打扰别人，碰上邻坊最多抿嘴一笑，不像他老婆兴冲冲的步伐像咚咚敲鼓。老婆喜欢和人搭讪，喜欢主动说话，不在乎对方是不是生人，也不在乎别人什么想法，求人帮忙时也一样，就像工厂派活时，一下子就交到人家手里。可是老闷儿不行，逢到必须开口求人帮忙时，嘴上就像贴了胶带。于是家里所有要和外边打交道的事就全落在老婆身上。

老婆在门外边，他在门后边；老婆与人谈判，他站在一边旁观，也决不插嘴。可户主是他老闷儿呀。

其实不只是家外边的事，家里边的事也都摊在老婆身上。

老婆急性子，老闷儿慢性子；性急的人遇事主动抢着干。老婆能干，他不会干；能干的人遇事不放心交给别人干。这就是为什么世上的事总是往急性子和能干的人身上跑的缘故。

久而久之，这个家庭形成的分工别有风趣。老婆做饭，老闷儿洗碗；老婆登梯爬高换灯泡换保险丝，老闷儿扶梯子；老婆搬蜂窝煤，老闷儿扫煤渣，老婆还总嫌他扫不干净一把将扫帚夺过去重扫。这个家里给老闷儿只留下一件正事，就是给不识数的儿子补习数学。所以，老婆常常会对人说，我在家是两个人的"妈"。在这个老婆万能的家庭里，老闷儿常常找不到自己。从属者的位置是可悲的。这是不是老闷儿总那么闷闷不乐的根由？

于是平安街上的人家，常常可以看到这对抬头老婆低头汉儿近滑稽的形象——

于姐习惯地扬着脸儿、挺着胸脯走在前边。一个在家里威风惯了的女子会不知不觉地男性化。她闪闪发光的眼睛左顾右盼，与熟人热情和大声地打招呼。老闷儿则像一个灰色的影子不声不响紧紧跟在后边。老婆不时回过头来叫一声："你怎么也不帮我提提这篮子，多重！"

这一瞬，老闷儿恨不得有个地沟眼没盖盖儿，自己一下掉进去。

改变这种局面是一天夜里。老婆突然大喊大叫把老闷儿惊醒。老闷儿使劲睁开睡眼才明白，一只大蝙蝠钻进屋来，受惊蝙蝠找不到逃路便在屋里像轰炸机那样呼呼乱飞，飞不好就会撞在头上。

老婆胆子虽大，但她怕一切活物。从狗、猫、老鼠到壁虎、蟑螂、屎壳郎全怕。更怕这种嗞嗞尖叫、乱飞乱撞的蝙蝠。儿子叫道："老师说，叫蝙蝠咬着就得狂犬症！"吓得老婆用被子蒙头，一手拉着儿子，光脚跳下床，拉开门夺路跑到外屋。动作慢半拍的老闷儿跟在后边也要逃出去。被老婆使劲一推，随手把门拉上，将老闷儿关在里边。只听老婆在外屋叫着："该死，你一个大男人也怕蝙蝠，不打死它你别出来！"

老闷儿正趴在地上打哆嗦，老婆的话像根针戳在他的脊梁骨上。他忽然浑身发热，脸颊发烧，扭身抓过立在门后的长杆扫帚，一声喊打，便大战起蝙蝠来。他一边挥舞扫帚，一边呀呀呀地喊着。这叫喊其实是一种恐惧，也为了驱赶心中的恐惧。

然而，于姐在门外看呆了。她隔着门上的花玻璃看见丈夫抡动扫帚的身影，动作虽然有些僵硬，但从未有过如此的英勇。伴随着丈夫的英姿，那一闪一闪的东西就是发狂的蝙蝠的影子。只听几声哗哗啦啦瓷器碎裂的声音，跟着像是什么重东西摔在地上，随即没了声音。于姐怕老闷儿出什么事，正疑惑着，突然屋里暴发一阵大叫："我打死它啦，我胜啦，我胜啦！"

老婆和儿子推门进去，只见满地的碎壶、碎碗、糖块、闲书、破玻璃，老闷儿趴在中间，手里的扫帚杆直捅墙根。一只可怕的黑乎乎的非鼠非鸟的家伙被扫帚杆死死顶住，直顶得蝙蝠的肚肠带着鲜血从长满尖牙的嘴里冒出来。

老婆说："老闷儿，你还真把它弄死了。"伸手把他拉起来。

儿子兴奋极了，说："我爸真棒，我爸是巨无霸！"

老闷儿一身是土，满头是汗，眼镜不知掉在哪儿了；抖动的手还在紧握着扫帚杆。过度的紧张和兴奋，使他的表情十分怪异。他对老婆说：

"我行——"

然后，直盯着老婆，似是等待她的裁决。

老婆第一次听到他用"我行"这两个字表白自己，心里一酸，流下泪来。对他哽咽地说：

"是，是，你行，真的行！"

三

进入二十一世纪的第一个月，老闷儿流年不利，下岗了。一辈子头一遭没事干，或者说干了一辈子的事忽然没了，人也就空了。

这并不奇怪。公司亏损，无力强撑，便卖给私企老板，老板精兵减员，选人择优汰劣，这都是在理的。但老板只讲效益，不讲人情，人裁得极狠，下去一半，老闷儿自然在这一刀切下的一堆一块里边。

老闷儿和他老婆慌了神，着实忙了一阵，托人找事，看报找事，到人才中心找事，在大街上贴条找事；用会计的单位倒是有，但那种像模像样的企业一见老闷儿就微笑着说拜拜。小店小铺小买卖倒也用人，可就是另一层天地另一番人间景象了。经老婆的袜子厂一位同事介绍，有三家店铺都想用人，铺子不大，财务上的事都不多，想合用一个会计，月薪不算低。说要老闷儿和他们"会会"。老婆怕老闷儿不会说话，好事弄坏，便和他同去。这两口一前一后走进人家的店铺，很像家长领着一个老实的孩子来串门。

待和这三家的小老板一一见过谈过，才知道在这种店铺里，会计这行当原来只是一台数字的造假机器。前两家的小老板说得直截了当，不管他用偷税漏税加大成本还是开花账造假账等什么花活，只要保证账面上月月"收支平衡"就行。小老板对老闷儿龇着黄牙笑道：

"您是见过世面的老手，这种事对于您还不是小菜一碟？"

这话叫老闷儿冒一头冷汗。

第三家是一家国营的贸易公司下边的实体。老板的左眼是个斜眼，眼神挺怪，话却说得更明白："我们这买卖就是为领导服务。领导的招待费礼品费出国费用全要揉到账里。"他用食指戳戳账本，"你的工作是在这里边挖口井。"

老板的话是对老闷儿说的，眼睛却像瞅着于姐。老闷儿听不懂他的意思，没等他问，于姐便问：

"什么井？您说白了吧。"

老板一笑，目光一扫他俩，一时弄不清他的眼睛对着谁，只听他说：

"你们怎么连这话也听不懂？小金库嘛！井里不管怎么掏，总得有水呀！"

这话叫于姐也冒出冷汗。走出门来，于姐对老闷儿说："咱要干这个，等于把自己往牢里送！"

打这天，于姐不再忙着给老闷儿找事，老闷儿便赋闲在家了。

在旁人眼里，老闷儿坐着吃，享清福。整天没事，有人管饭，多美！但世上的美事浮在表面，谁都能看见；人间的苦楚全藏在心里，唯有自知。为了表示自己的存在价值，老闷儿把接送儿子上下学、采买东西、洗碗烧饭、收拾屋子全揽在自己身上。一天两次用湿布把桌椅板凳擦得锃亮。

可是老婆并不满意他做的事，干惯了活的人的手闲不住，随手会把不干净、不舒服的地方再收拾收拾。这在老闷儿看来，都是表示对他价值的否定。

老闷儿便悄悄地通过他有限的熟人，为他介绍工作。邻居万大哥也是下岗人员，靠卖五香花生仁度日。五香花生仁是他自己炒的，又脆又酥又香，卖得相当不错，有时还能挣到些烟钱酒钱零花钱。

万大哥对他说："哪有老爷儿们吃老娘儿们的，这不坐等着别人说闲话？跟我卖花生去！喂不饱自己的肚子，起码也能堵住别人的嘴。"

老闷儿跟着万大哥来到不远的大超市那条街上，按照万大哥的安排，两人一个在街东口，一个在街西口。可是老闷儿总怕碰见熟人，不敢抬头，抬起头又吆喝不出口。不像卖东西，倒像站在街头等人的。直等到天色偏暗，万大哥笑嘻嘻叼根烟，手里甩着个空口袋过来了。老闷儿这口袋的花生仁却一粒不少。

就这一次，万大哥决定把自己的义气劲儿收回了。

一天，老闷儿上街买菜。一个黄毛小子叫他，说一会儿话才知道是七八年前到他们百货公司会计科实习过的学生，只记得姓贾，名字忘了。小贾听说老闷儿下岗陷入困境，很表同情，毅然要为老闷儿排忧解纷。他说，卖东西最来钱的是卖盗版光盘。卖光盘这事略有风险，但对老闷儿最合适，不但无须吆喝也根本不能吆喝，一吆喝不就等于招呼"扫黄打非"那帮人来抓自己吗？只要悄悄往商店门口台阶上一坐，拿三五张光盘放在脚边，就有人买，卖一张赚两块。其余光盘揣在书包里，背在身上。万一看到有人来查光盘，拾起地上的那几张就走，如果查光盘的人来得太急，拔腿便跑，地上的光盘不要了，几张光盘也不值几个钱。

不等老闷儿犹豫，小贾就领着老闷儿到不远一家商店门口，亲眼看见一个人半小时就卖掉五六张光盘。十多元钱的票子已经装进口袋。

身在绝境中的老闷儿决心冒险一搏。晚上就向老婆伸手借钱。家里的钱从来都在老婆的手里攥着。老婆听说他要干这种事，差点笑出声来。可是老闷儿今儿一反常态，老婆反对他坚持，老婆吓他他不怕，看上去又有点当年大战蝙蝠的气概。老婆带着一点风险意识，给了他三百块本钱。转天一早老闷儿就在菜市场等来小贾。小贾答应帮他去进货，还帮他挑货选货。他把钱掏出来，留下一百，其余二百交给小贾，一个小时后，小贾就提来满满一塑料兜花花绿绿的光盘。对他说：

"您运气真够壮。正赶上一批最新的美国大片，还有希西科克的悬念片呢！都是刚到的货。保您半天全出手！"

老闷儿把光盘悉数塞满那个当年装账本的黑公文包，斜挎肩上。自个儿跑到就近的一家商店门口坐在台阶上。伸手从包里掏出五张光盘，亮闪闪放在脚前边。没等他把光盘摆好，几只又黑又硬的大皮鞋出现在视线里。查光盘的把他抓个正着。他想解释，想争辩，想求饶，却全说不出口来。人家已经把他所有光盘连同那公文包全部没收。只说了一句："看样子你还不是老手。你说吧，是认罚，还是跟我们走。"说话这声音，在老闷儿听来像老虎叫。

　　他的腿直打哆嗦，走也走不动了。只好把身上剩下的一百块钱掏出来，人家接过罚款，把他训斥一番，警告他"下不为例"，便放了他。他竟然没找人家要罚单，剩下的只有两手空空和一个吓破了的胆。

　　当晚，老婆气得大脸盘涨得像个红气球，半天说不出话来。待了一会儿，她眼皮忽然一动，目光闪闪地问道：

　　"没罚单怎么知道他们是扫黄打非的？他们穿制服了吗？别是冒牌的吧？"

　　老闷儿怔着，发傻。他当时头昏脑涨，根本没注意人家穿什么，只记得那几只又黑又硬的大皮鞋。

　　老婆突然大叫："我明白了。这两个人和你那个小贾是一伙的。他们拴好套，你钻进去了。老闷儿呀——"这回老婆气得没喊没骂，反倒咯咯笑起来，而且笑得停不住也忍不住。

　　老闷儿像挨了一棒。这一棒很厉害，把他彻底打垮。

　　世上有些事，不如不明白好。

四

小半年后的一天晚饭后，于姐的弟弟于老二引一个胖子到他们家来。

胖子姓曹，人挺白，泄顶，凸起的秃脑壳油光贼亮，像浇了一勺油。这人过去和于老二同事，在单位里伙房的灶上掌勺，手艺不错，能把大锅菜做出小灶小炒的味儿来。近来厂子挺不住，刚刚下岗。于老二想到姐夫老闷儿在家闲着，而姐夫家在不远的洋货街上还空着一间小破屋，不如介绍他们合伙干个露天的"马路餐馆"，屋里砌个灶做饭，屋外摆几套桌椅板凳，下雨时扯块苫布，就是个舒舒服服的小饭摊儿。于老二还说，洋货街上的人多，买东西卖东西的人累了饿了，谁不想吃顿便宜又好吃的东西？

"你给人家吃什么？"于姐问曹胖子。

曹胖子满脸满身是肉，肚子像扣个小盆。一看就是常在灶上偷吃的吃出来的。他神秘兮兮地说出三个讨人喜欢的字来：

"欢喜锅。"

"从来没听过这菜名。"于姐说，脸上露出颇感兴趣的样子。

于老二插话说，听说过去南方有个地方乞丐挺多，讨来的饭菜都是人家剩的，没有吃头儿，只能填肚子。可这帮乞丐里有个能人，出一个主意，叫众乞丐把讨来的饭菜倒在一个锅里煮。别看这些东西烂糟糟，可有鱼尾有虾头有肉皮有鸡翅膀有鸭脖子，一煮奇香，好吃还解馋，从此众乞丐迷上这菜食，还给它起个好听的名字，叫"欢喜锅"。

"瞎说八道！我听怎么有点像'佛跳墙'呢，是你编出来的吧。"于姐笑道。

曹胖子接过话说："还不都是种说法。那'李鸿章杂碎'呢，不也是把各种荤的、腥的、鲜的全放在一锅里烩？要紧的是得把里边特别的味道煮出来。"

"这些东西放在一块煮说不定挺香的，就像什锦火锅。再说鸡脖子鱼头猪肉皮都是下脚料，不用多少钱，成本很低。"于姐说。

"您算说对了！"曹胖子说，"其实这锅子就是'穷人美'，专给干活的人解馋的，连汤带菜热乎乎一锅，再来两个炉干烧饼，准能吃饱。"

"怎么卖法？"于姐往下问。

"我先用大锅煮，再放在小砂锅里炖。灶台上掏一排排火眼，每个火眼放上一个砂锅，使小火慢慢炖，时候愈长，东西愈烂，味愈浓。客人一落座，立马能端上来，等也不用等。一人吃的是小号砂锅，八块；两人吃，中号，十二块；三人吃，大号，十五块。添汤不要钱，烧饼单算。"曹胖子说。看来他胸有成竹。

这话把于姐说得心花怒放。凭她的眼光，看得出这欢喜锅有市场，有干头。合伙的事当即就拍板了。往细处合计，也都是你说我点头，我说你点头。于姐和曹胖子全是个痛快人，不费多时就谈成了。小饭店定位为露天的马路餐馆。单卖一样欢喜锅，一天只是晚上一顿，打下午六点至夜里十一点。两家入伙的原则是各尽所有，各尽所能。老闷儿家出房子和桌椅板凳，曹胖子手里有成套的灶上的家伙。两家各拿出现金五千，置办必不可少的各类杂物。人力方面，各出一人——老闷儿和曹胖子。曹胖子负责灶上的事，老闷儿担当端菜送饭，收款记账。谈到这里，老闷儿面露难色，于老二一眼瞧见了。他知道，姐夫是会计，不怵记账，肯定是怕那些生头生脸的客人不好对付。因说：

"姐夫，反正你们这马路餐馆只是晚上一顿，晚上只要我没事就来帮你忙乎。"

于姐斜睨了老闷儿一眼，心里恨丈夫屃、怕事，但还是把事接过来说道：

"我晚上把儿子安顿好也过来。"

老闷儿马上释然地笑了。老婆在身边，天下自安然。

曹胖子却将这一幕记在心里。这时，于姐提出一个具体的分工，把餐厅买菜的事也交给老闷儿。曹胖子一怔。不想老闷儿马上答应下来："买菜的事，我行。"

老闷儿因为刚刚看出老婆不高兴，是想表现一下，却不知于姐另有防人之心。曹胖子老经世道，心里明明白白。他懂得，眼前的事该怎么办，今后的事该怎么办。因说道："那好，我只管一心把欢喜锅做成——人人的喜欢锅！"说完哈哈大笑，浑身的肉都像肉球那样上下乱窜。

在分红上，于姐的表态爽快又大方，主动说十天一分红，一家一半。这种分法，曹胖子原本连想都不敢想，连房子带家具都是人家的呢！可是曹胖子反应很快，赶紧说了一句："我这不是占便宜了吗？"便把于姐这分法凿实了。随后，他们给这将要问世的小饭铺起了一个好听好记又吉利的名字：欢喜餐厅。

于姐这人真是给点阳光就灿烂，给个舞台就光彩，而且说干就干！打第二天，一边到银行取钱和凑钱，一边找人刷浆收拾屋子，办工商税务证，打点洋货街的执法人员，购置盘灶用的红砖、白灰、沙子、麻精子、炉条、煤铲、烟囱，还有灯泡、电门、蜡烛、面缸、菜筐、砂锅、竹筷子、油盐酱醋、记账本、手巾、蝇拍、水桶、水壶、暖壶、冲水用的胶皮管子、扫马路的竹扫帚和插销门锁，等等。但是，能将就的、家里有的、可买可不买的，于姐一律不买。桌椅板凳都是袜子厂扩建职工食堂时替换下来的，一直堆在仓库里，她打个借条从厂里借出七八套，连厨房切菜用的条案也弄来一张，并亲手把这些东西用推车从厂里推到洋货街。她干这些活时，老闷儿跟在后边，多半时候插不上手，跟着来跟着去，像个监工的。

于姐还请厂里的那位好书法的副厂长，给她写个牌匾，又花钱请人使油漆描到一块横板子上，待挂起来，有人说字写错了。把餐厅的"厅"上边多写了一点，成了"庁"字。这怎么办？曹胖子不认字，他摆摆肉蛋似的手说，多一点总比少一点强，凑合吧。偏有个退休的小学教师很较真，他说繁体的"廳"字上边倒有个点，简体的"厅"字绝没点，没这个字，怎么认？怎么办？于姐忽然灵机一动，拿起油漆刷子踩凳子上去。挥腕一抹，将上边多出来那一点抹到下边的一横里边。虽说改过的这一横变得太粗太楞，但错字改过来了，围看的人都叫好。老闷儿也很高兴，不觉说：

"她还真行。"

站在一旁的曹胖子说：

"你要有你老婆的一半就行了。"

老闷儿不知怎样应对。于姐听到这话，狠狠瞪曹胖子一眼。对于老闷儿，她不高兴时自己怎么说甚至怎么骂都行，可别人说老闷儿半个不字她都不干。这一眼瞪过去之后，还有一种隐隐的担忧在她心里滋生出来。这时，一阵噼噼啪啪的声音打断她的思索。两挂庆祝买卖开张的小钢鞭冒着烟儿起劲地响起来。洋货街不少小贩都来站脚助威，以示祝贺。

不出所料，欢喜锅一炮打响。

人嘴才是最好的媒体。十天过去，欢喜锅的名字已经响遍洋货街，跟着又蹿出洋货街，像风一样刮向远近各处。天天都有人来寻欢喜锅，一头钻进这勾人馋虫的又浓又鲜的香味中。自然，也有些小饭铺的老板厨师扮作食客来偷艺，但曹胖子锅子里边这股极特别的味道，谁也琢磨不透。

老闷儿头一次掉进这么大的阵势里，各种脾气各种心眼儿各种神头鬼脸，好比他十多年前五一节单位组织逛北京香山时，在碧霞寺见到的五百罗汉。他平时甭说脑袋，连眼皮都很少抬着，现在怎么能照看这么多来来往往的人？两眼全花了，心一急就情不自禁地喊：

"老曹。"

曹胖子忙得前胸后背满是汗珠。光着膀子，大背心像水里捞出来似的湿淋淋贴在身上。灶上一大片砂锅中冒出来的热气，把他熏得两眼都睁不开。这当儿，再听老闷儿一声声叫他，又急又气回应一嗓子：

"老子在锅里煮呢，要叫就叫你老婆去吧。"

外边吃饭的人全乐了。

人和人之间，强与弱之间，都是在相互的进退中寻找自己的尺度。本来曹胖子对他还是客客气气的，可是冒冒失失噎了他一句，他不回嘴，就招来了一句更不客气的。渐渐的，说闲话时拿他找乐，干活憋手时拿他撒气，特别是曹胖子一个心眼想把买菜的权利拿过去，老闷儿偏偏不给——他并不是为了防备曹胖子，而是多年干会计的规矩。曹胖子就暗暗恨上了他。开始时，拿话戗他、损他、撞他，然后是指桑骂槐说粗话；曹胖子也奇怪，这个窝囊废怎么连底线也没有。这便一天天得寸进尺，直到面对面骂他，以至想骂就骂，骂到起劲时摔摔打打，并对老闷儿推推搡搡起来。老闷儿依旧一声不吭，最多是伸着两条无力的瘦胳膊挡着曹胖子的来势汹汹的肉手，一边说："唉唉，别，别这样。"他懦弱，他胆怯，不敢也不会对骂对打；当然也是怕闹起来，老婆知道了，火了，砸了刚干起来的买卖。

每次曹胖子对老闷儿闹大了，都担心老闷儿回去向于姐告状。可是转天于姐来了，见面和他热情地打招呼，有说有笑，什么事儿没有，看来老闷儿回去任嘛没说。这就促使曹胖子的胆子愈来愈大，误以为这两口子不一码事呢。

洋货街上的人都是人精，不甘自己的事躲在一边，没人把老闷儿受欺侮告诉于姐，相反倒是疑惑于姐有心于这个做一手好饭菜并且一直打着光棍的胖厨子。有了疑心就一定留心察看。连她对曹胖子的笑容和打招呼的手式也品来品去。终于一天看出眉目来了。这天收摊后，歇了工的老闷儿夫妇和曹胖子坐在一起，也弄了一个欢喜锅吃。不止一人看到于姐不坐在老闷儿一边，反倒坐在曹胖子一边。吃吃喝喝说说笑笑之间，曹胖子竟把一条滚圆的胳膊搭在于姐的椅背上，远看就像搂着老闷儿的老婆一样。可老闷儿叫人当面扣上绿帽子也不冒火，还在一边闷头吃。

人们暗地里嘻嘻哈哈议论开了。一个说：看样子不是曹胖子欺侮他，是他老婆也拿他不当人，当王八。

后一个说，那"欢喜锅"不变成了"欢喜佛"？

打这天，人们私下便把欢喜锅叫成"欢喜佛"，而且一说就乐，再说还乐，越说越乐。

可是世上的事多半非人所料。一天收摊儿后，老闷儿动手收拾桌椅板凳，曹胖子站在一边喝酒，他嫌老闷儿慢，发起火来。老闷儿愈不出声他的火反而愈大。到后来竟然带着酒劲竟给老闷儿迎面一拳。老闷儿不经打，像个破筐飞出去，摔在桌子上，桌面一斜，反放在上边的几个板凳，劈头盖脸全砸在老闷儿身上。立时头上的血往下流。曹胖子醉烘烘，并不当事。看着老闷儿爬起来回家，还在举着瓶子喝。

不会儿，于姐突然出现，二话没说，操起一根木棍抡起来扑上来就打。曹胖子已经醉得不省人事，却知道双手抱着头，蜷卧在地，像个大肉球，任凭于姐一阵疯打，洋货街上没人去劝阻，反倒要看看这里边是真是假谁真谁假。于姐一直打累了，才停下来，呼呼直喘，只听她使劲喊了一嗓子："别以为我家没人！"

这话倒是像个男人说的。

打这天起，欢喜餐厅关门十天。第十一天的中午曹胖子来卸了门板，收拾厨房，从里边往外折腾炉灰炉渣，不会儿黑黑的烟就从小屋顶上的烟囱眼儿里冒出来，看样子欢喜餐厅要重新开业。

下午时分，于姐就带着老闷儿来了。于姐扬着头满面红光走在前边，老闷儿提着两筐肉菜跟在后边——抬头老婆低头汉也来了。

洋货街的小贩们都把眼珠移到眼角，冷眼察看。不想这三人照旧有说有笑，奇了，好像十天前的事是一个没影儿的传说。

五

一个卖袜子的程嫂听说，于姐已经在袜子厂停薪留职，来干欢喜锅了。她放着袜子厂的办公室主任不做，跑到街头风吹日晒，干这种狗食摊，为嘛？为了给她的宝贝老公撑腰，还是索性天天"欢喜佛"了？如果是后者，那天那场仗的真情就变成——曹胖子打老闷儿是给于姐看，于姐打曹胖子是给大伙看。这出戏有多带劲，里边可咀嚼的东西多着呢！

可是，于姐的为人打乱了人们的看法。她逢人都会热乎乎地打招呼，笑嘻嘻说话，有忙就帮，大小事都管，看见人家自行车放歪了也主动去摆好。最难得的是这人说话办事没假，一副热肠子是她天生的，很快于姐就成了洋货街上受欢迎的人物。这种人干饭馆人气必然旺，人愈多她愈有劲，那双天生干活的手从来没停过；从地面到桌面，从砂锅到竹筷，不管嘛时候都像刚刚洗过刷过擦过扫过一样，桌椅板凳叫她用碱水刷得露出又白又亮的木筋。而且老闷儿在外边听她指挥，曹胖子在厨房听她招呼，里里外外浑然一体。自打于姐来到这里，再不见曹胖子对老闷儿发火动气，骂骂咧咧。老闷儿那张黑黑的脸上竟然可以清晰地看到笑意。

她来了三个月，马路餐桌已经增加到十张，但还是有人找不到座位，把砂锅端到侧边那堵矮墙上吃；四个月过去，于姐给曹胖子雇个帮厨；半年过后，曹胖子买了辆二手九成新的春兰虎摩托，于姐和老闷儿各买一个小灵通。到了年底，于姐和曹胖子就合计把不远一连三间底层的房子租下来。那房子原是个药铺，挺火，后来几个穿制服的药检人员进去一查，一多半是假药，这就把人带走，里边的东西也掏净了。房子一直空着没用，房主就是楼上的住户。

于姐对曹胖子说："我已经和房主拉上关系了。前天还给他们送去一个欢喜锅呢。拿下这房子保证没问题。"

日子一天天阳光多起来，闪闪发亮，使人神往；但日子后边的阴气也愈聚愈浓，只不过这仨人都不知觉罢了。

六

天冷时候，露天餐馆变得冷清。这一带有不少大杨树，到了这节气焦黄的落叶到处乱飘，刚扫去一片又落下一片，有时还飘到客人的砂锅里，于姐打算请人用杉篙和塑料编织布支个大棚，有个棚子还能避风。不远一家卖衣服的小贩说，他们也想这么干，要不衣服摊上也都是干叶子，不像样。他们说西郊区董家台子一家建材店就卖这种杉篙，又直又挺，价钱比毛竹竿子还低。他们已经订了十根，今晚去车拉。于姐叫老闷儿晚上跟车去一趟，问问买五十根能打多少折。傍晚时车来了，是辆带槽的东风120，又老又破。马达一响，车子乱响；马达停了，车子还响。

卖衣服的小贩叫老闷儿坐在车楼子里，自己披块毯子要到车槽上去，老闷儿不肯。老闷儿绝不会去占好地方，他争着爬上了车槽。老闷儿走时，于姐在家里给孩子做饭。于姐来时，听说老闷儿跟车走了，心里一动，也不知哪里不对劲儿。是不是没必要叫老闷儿去？老闷儿即使去也没多大用处，他根本不会讨价还价，那么自己为什么叫老闷儿去呢？一时说不清楚是担心是后悔还是犯嘀咕，后脊梁止不住一阵阵发凉发瘆，打激灵子。她只当是自己有点风寒感冒。

这天挺冷挺黑，收摊后远远近近的灯显得异样的亮，白得刺眼。于姐、曹胖子和那个帮厨正在把最后几个砂锅洗干净，嘴里念叨着老闷儿该回来了，忽然天大的祸事临到头上。洋货街一家卖箱包的小贩上气不接下气地跑来报信，说老闷儿他们的车在通往西郊的立交桥上和一辆迎面开来的长途大巴迎头撞上，并一起栽到桥下！

于姐立时站不住了，瘫下来。曹胖子赶紧叫来一辆出租车，把她拉到车里。赶到出事的地方，两辆汽车硬撞成一堆烂铁，分不出哪是哪辆车。场面之惨烈就没法细说了，血淋淋的和屠宰场一样，横七竖八的根本认不出人。曹胖子灵机一动，用手机拨通老闷儿小灵通的号码，居然不远处的一堆黑乎乎的血肉里响起铃声。于姐拔腿奔去，曹胖子一把拉住，说嘛也不叫于姐去看，又劝又喊又拦又拽，用了九牛二虎的力气，又找人帮忙才强把她拉回来。看着她这披头散发、直瞪瞪眼的样子，怕她吓着孩子，将她先弄到洋货街上。谁料她一看到欢喜餐厅的牌子，发疯一样冲进去把所有砂锅全扔出来，摔得粉粉碎。她嘶哑地叫着：

"是我毁了老闷儿呀，是我毁了你呀！"

她的喊叫撕心裂肺，灌满了深夜里漆黑空洞的整条洋货街。

曹胖子忽然跑到厨房把炖肉的大铁锅也端出来，"叭"地摔成八瓣。

欢喜餐厅的门板又紧紧关上。照洋货街上的人的看法，于姐一定会带着儿子嫁给光棍曹胖子，和他一起把这人气十足的饭馆重新开张干起来。但是，事违人愿，一个月后，于姐人没露面，却叫曹胖子来把那块牌匾摘下来扔了，剩下的炊具什物全给了曹胖子。

又过些日子来了一高一矮两个生脸的人，把小屋的门打开，门口挂几个自行车的瓦圈和轮胎，锤头改锥活搬子扔了一地，变成修车铺了。矮个子的修车匠说这房子花两万块钱买的。这才知道香喷喷的欢喜锅和那个勤快又热情的女人不会再出现了。

有人说，她没嫁给曹胖子，是因为曹胖子有老婆，人家还有个十三岁的闺女呢；也有人说，欢喜锅搬到大胡同那边去了，为

各有各的活法

了离开这块伤心之地，也为了避人耳目。

真正能见证于姐实情的还是平安街的老街坊们。于姐又回到袜子厂。据说不是她硬要回去的，而是厂里的人有人情，拉她回厂。她回厂后不再做那办公室主任，改做统计。倒不是因为办公室主任的位置已经有人，而是她不愿意像从前那样整天跑来跑去，抛头露面。

此事过去，她变了一个人。平安街的老街坊们惊奇地看到，从眼前走过的于姐不再像从前那样抬着下巴，目光四射，不时和熟人大声地打招呼。她垂下头来，手领着儿子默默而行。人们说，她这样反倒更有些女人味儿。

开始都以为她死了丈夫，打击太重，一时缓不过劲儿来。后来竟发现，先前那股子阳刚气已经从她身上褪去。难道她那种昂首挺胸的样子并非与生俱来？难道是老闷儿的懦弱与衰萎，才迫使她雄赳赳地站到前台来？

这些话问的好，却无人能答；若问她本人，则更难说清。人最说不好的，其实就是自己。

酒婆

酒馆也分三六九等。首善街那家小酒馆得算顶末尾的一等。不插幌子，不挂字号，屋里连座位也没有；柜台上不卖菜，单摆一缸酒。来喝酒的，都是扛活拉车卖苦力的底层人。有的手捏一块酱肠头，有的衣兜里装着一把五香花生，进门要上二三两，倚着墙角窗台独饮。逢到人挤人，便端着酒碗到门外边，靠树一站，把酒一点点倒进嘴里，这才叫过瘾解馋其乐无穷呢！

这酒馆只卖一种酒，使山芋干造的，价钱贱，酒味大。首善街养的猫从来不丢，跑迷了路，也会循着酒味找回来。这酒不讲余味，只讲冲劲，进嘴赛镪水，非得赶紧咽，不然烧烂了舌头嘴巴牙花嗓子眼儿。可一落进肚里，跟手一股劲"腾"地蹿上来，直撞脑袋，晕晕乎乎，劲头很猛。好赛大年夜里放的那种炮仗"炮打灯"，点着一炸，红灯蹿天。这酒就叫作"炮打灯"。好酒应是温厚绵长，绝不上头。但穷汉子们挣一天命，筋酸骨乏，心里憋闷，不就为了花钱不多，马上来劲，晕头涨脑地洒脱洒脱放纵放纵吗？

　　要说最洒脱，还得数酒婆。天天下晌，这老婆子一准来到小酒馆，衣衫破烂，赛叫花子；头发乱，脸色黯，没人说清她嘛长相，更没人知道她姓嘛叫嘛，却都知道她是这小酒馆的头号酒鬼，尊称酒婆。她一进门，照例打怀里掏出个四四方方小布包；打开布包，里头是个报纸包，报纸有时新有时旧；打开报纸包，又是个绵纸包，好赛里头包着一个翡翠别针；再打开这绵纸包，原来只是两角钱！她拿钱撂在柜台上，老板照例把多半碗"炮打灯"递过去，她接过酒碗，举手扬脖，碗底一翻，酒便直落肚中，好赛倒进酒桶。待这婆子两脚一出门坎，就赛在地上画天书了。

　　她一路东倒西歪向北去，走出一百多步远的地界，是个十字路口，车来车往，常常出事。您还甭为这婆子揪心，瞧她烂醉如泥，可每次将到路口，一准是"噔"地一下，醒过来了！竟赛常人一般，不带半点醉意，好端端地穿街而过。她天天这样，从无闪失。首善街上的人家，最爱瞧酒婆这醉醺醺的几步扭——上摆下摇，左歪右斜，悠悠旋转乐陶陶，看似风摆荷叶一般；逢到雨天，雨点淋身，便赛一张慢慢旋动的大伞了……但是，为嘛酒婆一到路口就醉意全消呢？是因为"炮打灯"就这么一点劲头儿，还是酒婆有超人的能耐说醉就醉说醒就醒？

　　酒的诀窍，还是在酒缸里。老板人奸，往酒里掺水。酒鬼们对眼睛里的世界一片模糊，对肚子里的酒却一清二楚，但谁也不肯把这层纸捅破，喝美了也就算了。老板缺德，必得报应，人近六十，没儿没女，八成要绝后。可一日，老板娘爱酸爱辣，居然有喜了！老板给佛爷叩头时，动了良心，发誓今后老实做人，诚实卖酒，再不往酒里掺水掺假了。

就是这日，酒婆来到这家小酒馆，进门照例还是掏出包儿来，层层打开，花钱买酒，举手扬脖，把改假为真的"炮打灯"倒进肚里……真货就有真货色。这次酒婆还没出屋，人就转悠起来了。而且今儿她一路上摇晃得分外好看，上身左摇，下身右摇，愈转愈疾，初时赛风中的大鹏鸟，后来竟赛一个黑黑的大漩涡！首善街的人看得惊奇，也看得纳闷儿，不等多想，酒婆已到路口，竟然没有酒醒，破天荒头一遭转悠到大马路上，下边的惨事就甭提了……

自此，酒婆在这条街上绝了迹。小酒馆里的人们却不时念叨起她来。说她才算真正够格的酒鬼。她喝酒不就菜，向例一饮而尽，不贪解馋，只求酒劲。在酒馆既不多事，也无闲话，交钱喝酒，喝完就走，从来没赊过账。真正的酒鬼，都是自得其乐，不搅和别人。

老板听着，忽然想到，酒婆出事那日，不正是自己不往酒里掺假的那天吗？原来祸根竟在自己身上！他便别扭了，心想这人间的道理真是说不清道不明了。到底骗人不对，还是诚实不对？不然为嘛几十年拿假酒骗人，却相安无事，都喝得挺美，可一旦认真起来反倒毁了？

小杨月楼义结李金鳌

民国二十八年，龙王爷闯进天津卫，大小楼房全赛站在水里。三层楼房水过腿，两层楼房水齐腰，小平房便都落得"没顶之灾"了。街上行船，窗户当门，买卖停业，车辆不通，小杨月楼和他的一班人马，被困在南市的庆云戏院。那时候，人都泡在水里，哪有心思看戏？这班子二十来号人便睡在戏台上。

龙王爷赖在天津一连几个月，戏班照样人吃马喂，把钱使净，便将十多箱行头道具押在河北大街的"万成当"。等到水退了，火车通车，小杨月楼急着返回上海，凑钱买了车票，就没钱赎当了，急得他闹牙疼，腮帮子肿得老高。戏院一位热心肠的小伙计对他说："您不如去求李金鳌帮忙，那人仗义，拿义气当命。凭您的名气，有求必应。"

李金鳌是天津卫出名的一位大锅伙，混混头儿。上刀山、下火海、跳油锅，绝不含糊，死签一个。虽然黑白道上，也讲规矩讲脸面讲义气，拔刀相助的事，李金鳌干过不少，小杨月楼却从来不沾这号人。可是今儿事情逼到这地步，不去也得去了。他跟随这小伙计到了西头，过街穿巷，抬眼一瞧，怔住了。篱笆墙、栅栏门，几间爬爬屋，大名鼎鼎的李金鳌就住在这破瓦寒窑里？小伙计却截门一声呼："李二爷！"

应声打屋里猫腰走出一个人来，出屋直起身，吓了小杨月楼一跳。这人足有六尺高，肩膀赛门宽，老脸老皮，胡子拉碴；那件灰布大褂，足够改成个大床单，上边还油了几块。小杨月楼以为找错人家，没想到这人说话嘴上赛扣个罐子，瓮声瓮气问道："找我干吗？"口气挺硬，眼神极横，错不了，李金鳌！

进了屋，屋里赛破庙，地上是土，条案上也是土，东西全是东倒西歪；迎面那八仙桌子，四条腿缺了一条，拿砖顶上；桌上的茶壶，破嘴缺把，磕底裂肚，盖上没疙瘩。小杨月楼心想，李金鳌是真穷还是装穷？若是真穷，拿嘛帮助自己？于是心里不抱什么希望了。

李金鳌打量来客，一身春绸裤褂，白丝袜子，黑礼服呢鞋，头戴一顶细辫巴拿马草帽，手拿一柄有字有画的斑竹折扇。他瞄着小杨月楼说："我在哪儿见过你？"眼神还挺横，不赛对客人，赛对仇人。

戏院小伙计忙做一番介绍，表明来意。李金鳌立即起身，拱

各有各的活法

拱手说："我眼拙，杨老板可别在意。您到天津卫来唱戏，是咱天津有耳朵人的福气！哪能叫您受治、委屈！您明儿晌后就去'万成当'拉东西去吧！"说得真爽快，好赛天津卫是他家的。这更叫小杨月楼满腹狐疑，以为到这儿来做戏玩。

转天一早，李金鳌来到河北大街的"万成当"，进门朝着高高的柜台仰头叫道："告你们老板去，说我李金鳌拜访他来了！"这一句，不单把柜上的伙计吓跑了，也把典当来的主顾吓跑了。老板慌忙出来，请李金鳌到楼上喝茶，李金鳌理也不理，只说："我朋友杨老板有几个戏箱押在你这里，没钱赎当，你先叫他搬走，交情记着，咱们往后再说。"说完拨头便走。

当日晌后，小杨月楼带着几个人碰运气赛的来到"万成当"，进门却见自己的十几个戏箱——大衣箱、二衣箱、三衣箱、盔头箱、旗把箱等，早已摆在柜台外边。小杨月楼大喜过望，竟然叫好喊出声来。这样便取了戏箱，高高兴兴返回上海。

小杨月楼走后，天津卫的锅伙们听说这件事，佩服李金鳌的义气，纷纷来到"万成当"，要把小杨月楼欠下的赎当钱补上。老板不肯收，锅伙们把钱截着柜台扔进去就走。多少亦不论，反正多得多。这事又传到李金鳌耳朵里。李金鳌在北大关的天庆馆摆了几桌，将这些代自己还情的弟兄们着实宴请一顿。

谁想到小杨月楼回到上海，不出三个月，寄张银票到天津"万成当"，补还那笔欠款，"万成当"收过锅伙们的钱，哪敢再收双份，老板亲自捧着钱给李金鳌送来了。李金鳌嘛人？不单分文不取，看也没看，叫人把这笔钱分别还给那帮代他付钱的弟兄。至此，钱上边的事清楚了，谁也不欠谁的了。这事本该了结，可是情没结，怎么结？

转年冬天，上海奇冷，黄浦江冰冻三尺，大河盖上盖儿。甭说海上的船开不进江来，江里的船晚走两天便给冻得死死的，比抛锚还稳当。这就断了码头上脚夫们的生路，尤其打天津去扛活的弟兄们，肚子里的东西一天比一天少，快只剩下凉气了。恰巧李金鳌到上海办事，见这情景，正愁没辙，抬眼瞅见小杨月楼主演《芸娘》的海报，拔腿便去找小杨月楼。

赶到大舞台时，小杨月楼正是闭幕卸装时候，听说天津的李金鳌在大门外等候，脸上带着油彩就跑出来。只见台阶下大雪里站着一条高高汉子。他口呼："二哥！"三步并两步跑下台阶。脚底板冰雪一滑，一屁股坐在地上，仰脸对李金鳌还满是欢笑。

小杨月楼在锦江饭店盛宴款待这位心中敬佩的津门恩人。李金鳌说："杨老板，您喂得饱我一个脑袋，喂不饱我黄浦江边的上千个扛活的弟兄。如今大河盖盖儿，弟兄们没饭辙，眼瞅着小命不长。"

小杨月楼慨然说："我去想办法！"

李金鳌说："那倒不用。您只要把上海所有名角约到一块儿，义演三天就成！戏票全给我，我叫弟兄们自个儿找主去卖，这么做难为您吗？"

小杨月楼说："二哥真行，您叫我帮忙，又不叫我费劲。这点事还不好办吗？"第二天就把大上海所有名角，像赵君玉、周信芳、黄玉麟、刘筱衡、王芸芳、刘斌昆、高百岁等，全都约齐，在黄金戏院举行义演。戏票由天津这帮弟兄拿到平日扛活的主家那里去卖。这些主家花钱买几张票，又看戏，又帮忙，落人情，过戏瘾，谁不肯？何况这么多名角同台献技，还是《龙凤呈祥》《红鬃烈马》一些热闹好看的大戏，更是千载难逢。一连三天过去，便把冻成冰棍的上千个弟兄全救活了。

李金鏊完事要回天津，临行前，小杨月楼又是设宴送行。酒足饭饱时，小杨月楼叫人拿出一大包银子，外头拿红纸包得四四方方，送给李金鏊。既是盘缠，也有对去年那事谢恩之意。李金鏊一见钱，面孔马上板起来，沉下来的嗓门更显得瓮声瓮气。他说道："杨老板，我这人，向例只交朋友，不交钱。想想看，您我这段交情，有来有往，打谁手里过过钱？谁又看见过钱？折腾来折腾去，不都是那些情义吗？钱再多也经不住花，可咱们的交情使不完！"说完起身告辞。

小杨月楼叫李金鏊这一席话说得又热又辣，五体流畅。第二天唱《花木兰》，分外的精气神足，嗓门冒光，整场都是满堂彩。

黑头

　　这儿说的黑头，可不是戏曲里的行当，而是条狗的名字。这狗不一般。

　　黑头是条好狗，但不是那种常说的舍命救主的"忠犬、义犬"，这是一条除了它再没第二的狗。

　　它刚打北大关一带街头那些野狗里出现时，还是个小崽子，太丑！一准是谁家母狗下了崽，嫌它难看，扔到这边来。扔狗都往远处扔，狗都认家，扔近了还得跑回来。

　　黑头是条菜狗——那模样，说它都怕脏了舌头！白底黑花，花也没样儿，像烂墨点子，东一块西一块；脑袋整个是黑的，黑得看不见眼睛，只一口白牙，中间耷拉出一小截红舌头。不光人见人嫌，野狗们也不搭理它。北大关挨着南运河，码头多，人多，商号饭铺多，土箱子*里能吃的东西也多。野狗们单靠着在土箱子里刨食就饿不着。可这边的野狗个个凶，狗都护食，不叫黑头靠前。故而一年过去，它的个子不见长，细腿瘪肚，乌黑的脑袋还像拳头那么点儿。

北大关顶大的商号是隆昌海货店，专门营销海虾河蟹湖鱼江鳖，远近驰名。店里一位老伙计商大爷，是个敦敦实实的老汉，打小在隆昌先当学徒后当伙计，干了一辈子，如今六十多岁，称得上这店里的元老，买卖水产的事儿比自家的事儿还明白。至于北大关这一带市面上的事，全都在他眼里。他见黑头皮包骨头，瘦得可怜，时不时便叫小伙计扔块鱼头给它。狗吃肉不吃鱼，尤其不吃生鱼，怕腥；但这小崽子却领商大爷的情，就是不吃也咬上几口，再朝商大爷叫两声，摇摇尾巴走去。这叫商大爷动了心。日子一久，有了交情，模样丑不丑也就不碍事了。

一天商大爷下班回家，这小崽子竟跟在他后边。商大爷家在侯家后，道儿不远，黑头一直跟着他，距离拉得不近不远，也不出声，直送他到家门口。

商大爷的家是个带院的两间瓦房。商大爷开门进去，扭头一看，黑头就蹲在门边的槐树下边一动不动瞅着他。商大爷没理它关门进屋。第二天一天没见它。傍晚下班回家时，黑头不知嘛时

---

* 天津人对垃圾箱的俗称。

候又出来了，又是一直跟着商大爷，不声不响送商大爷回家。一连三天，商大爷明白这小崽子的心思，回到家把院门一敞说："进来吧，我养你了。"黑头就成了商家的一号[*]了。

邻居们有点纳闷儿，商大爷养狗总得养条好狗；领野狗养，也得挑一条顺眼的，干嘛把这么一个丑东西弄到家里？天天在眼皮子底下转来转去，受得了吗？

商大爷日子宽裕，很快把黑头喂了起来，个子长得飞快，一年成大狗，两年大得吓人，它那黑脑袋竟比小孩的脑袋还大，白牙更尖，红舌更长。它很少叫，商大爷明白，咬人的狗都不叫，所以从不叫它出门，即便它不咬人，也怕它吓着人。

其实黑头很懂人事，它好像知道自己模样凶，决不出院门，也决不进房门，整天守在院门里房门外。每有客人来串门，它必趴下，把半张脸埋在前爪后边，不叫人看，怕叫人怕，耳朵却竖着，眼睛睁得挺圆，绝不像那种好逗能的家犬，一来人就咋呼半天。可是一天半夜有个贼翻墙进院，它扑过去几下就把那贼制服。它一声没叫，那贼却疼得吓得叽哇乱喊。这叫商大爷知道它不是吃闲饭的：看家护院，非它莫属。

商大爷常说黑头这东西有报恩之心，很懂事，知道怎么"做事"。商大爷这种在老店里干了一辈子的人，讲礼讲面讲规矩讲分

---

[*] 一员，天津方言。

寸，这狗合他的性情，所以叫他喜欢。只要别人夸赞他的黑头，商大爷辄必眉开眼笑，好像人家夸他孩子。

可是，一次黑头惹了祸，而且是大祸。

那些天，商大爷家西边的厢房落架翻修，请一帮泥瓦匠和木工，搬砖运灰里里外外忙活。他家平时客人不多，偶尔来人串门多是熟人，大门向来都是闭着，从没这样大敞四开，而且进进出出全是生脸。黑头没见过场面，如临大敌，浑身的毛全竖起来。但又不能出头露面吓着人，便天天猫在东屋前，连盹儿也不敢打。七八天过去，老屋落架，刨糟下桩，砌砖垒墙，很快四面墙和房架立了起来。待到上梁那天，商大爷请人来在大梁上贴了符纸，拴上红绸，众人使力吃喝，把大梁抬上去摆正，跟着放一大挂雷子鞭，立时引来一群外边看热闹的孩子连喊带叫，涌了进来。

黑头以为出了事，突然腾身蹿跃出来，孩子们一见这黑头花身、张牙舞爪、凶神恶煞般的怪物，吓得转身就跑。外边的往里拥，里边的往里挤，在门里门外砸成一团，跟着就听见孩子又叫又哭。

商大爷跑过去一瞧，一个邻居家的男孩儿被挤倒，脑袋撞上石头门墩，开了口子冒出血来。邻居家大人赶来一看不高兴了，迎面给商大爷来了两句："使狗吓唬人——嘛人？"

商大爷是讲礼讲面的人，自己缺理，人家话不好听，也得受着。一边叫家里人赔着孩子去瞧大夫，一边回到院里安顿受了惊扰的修房的人。

这时，扭头一眼瞧见黑头，心火冒起，拾起一根杆子两步过去，给黑头狠狠一杆子，骂道："畜生就是畜生，我一辈子和人好礼好面，你把我面子丢尽了！"

黑头挨了重重一击，本能地蹿起，龇牙大叫一声，那样子真凶。商大爷正在火头上，并不怕它，朝它怒吼："干嘛，你还敢咬我？"

黑头站那儿没动，两眼直对商大爷看着，忽然转身夺门而去，一溜烟儿就跑没了。商大爷把杆子一扔说："滚吧，打今儿别再回来，原本不就是条丧家犬吗？"

黑头真的没再回来。打白天到夜里，随后一天两天三天过去，影儿也不见。商大爷心里觉得好像缺点嘛，嘴里不说，却忍不住总到门外边张望一下。这畜生真的一去不回头了吗？

又过两天，西边的房顶已经铺好苇把，开始上泥铺瓦。院门敞着，黑头忽然出现在门口。这时候，商大爷去隆昌上班了，工人都盯着手里的活，谁也没注意到它。

黑头两眼扫一下院子，看见中间有一堆和好的稀泥，突然它腿一使劲，朝那堆稀泥猛冲过去，"噗"地一头扎进泥里，用劲过猛，只剩下后腿和尾巴留在外边。这一切没人瞧见。

待商大爷下晌回来，工人收工时，有人发现这泥里毛乎乎的东西是嘛呢，拉出来一看，大惊失色，原来是黑头，早断了气，身子都有点发硬了。它怎么死在这儿，嘛时候死的，是邻居那家弄死后塞在这儿的吗？

大伙猜了半天说了半天，谁也说不清楚。半天没说话的商大爷的一句话，把这事说明白了："我明白它，它比我还要面子，它这是自我了结。"随后又感慨地说，"唉，死还是要死在自己家里。"

黄金指

　　黄金指这人有能耐，可是小肚鸡肠，容不得别人更强。你要比他强，他就想着法儿治你，而且想尽法子把你弄败弄死。

　　这种人在旁的地方兴许能成，可到了天津码头上就得栽跟头了。码头藏龙卧虎，能人如林，能人背后有能人，再后边还有更能的人，你知道自己能碰上嘛人？

　　黄金指是白将军家打南边请来帮闲的清客。先不说黄金指，先说白将军——

　　白将军是武夫，官至少将。可是官做大了，就能看出官场的险恶。解甲之后，选中天津的租界作为安身之处；洋楼里有水有电舒舒服服，又是洋人的天下，地方官府管不到，可以平安无事，这便举家搬来。

　　白将军手里钱多，却酒色赌一样不沾，只好一样——书画。那年头，人要有钱有势，就一准有人捧。你唱几嗓子戏，他们说你是余叔岩；你写几笔烂字儿，他们称你是华世奎，甚至说华世奎未必如你。于是，白将军就扎进字画退不出身来。经人介绍，结识了一位岭南画家黄金指。

黄金指大名没人问，人家盯着的是他的手指头。因为他作画不用毛笔，用手指头。那时天津人还没人用手指头画画。手指头像个肉棍儿，没毛，怎么画？人家照样画山画水画花画叶画鸟画马画人画脸画眼画眉画樱桃小口一点点。这种指头画，看画画比看画更好看。白将军叫他在府中住了下来，做了有吃有喝、悠闲享福的清客，还赐给他一个绰号叫"金指"。这绰名令他得意，他姓黄，连起来就更中听：黄金指。从此，你不叫他黄金指，他不理你。

一天，白将军说："听说天津画画的，也有奇人。"

黄金指说："我听说天津人画寿桃，是脱下裤子，用屁股蘸色坐的。"

白将军只当笑话而已。可是码头上耳朵连着嘴，嘴连着耳朵。三天内这话传遍津门画坛。不久，有人就把话带到白将军这边，说天津画家要跟这位使"爪子"画画的黄金指会会。白将军笑道："以文会友呵，找一天到我这里来画画。"跟着派人邀请津门画坛名家。一请便知天津能人太多，还都端着架子，不那么好请。最后应邀的只有二位，还都不是本人。一位是一线赵的徒弟钱二爷；一位是自封黄二南的徒弟唐四爷，据说黄二南先生根本不认识他。

钱二爷的本事是画中必有一条一丈二的长线，而且是一笔画出，均匀流畅，状似游丝；唐四爷的能耐是不用毛笔也不用手作画，而是用舌头画。这功夫是津门黄二南先生开创。

黄金指一听就傻了，再一想头冒冷汗。人家一根线一丈多长，自己的指头绝干不成；舌画连听也没听过，只要画得好，指头算嘛？

正道干不成，只有想邪道。他先派人打听这两位怎么画，使嘛法嘛招，然后再想出诡秘的招数叫他们当众出丑，破掉他们。很快他就摸清钱唐二人底细，针锋相对，想出奇招，又阴又损，一使必胜。黄金指真不是寻常之辈。

白府以文会友这天，好赛做寿，请来好大一帮宾客，个个有头有脸。大厅中央放一张奇大画案，足有两丈长，文房四宝，件件讲究又值钱。待钱唐二位到，先坐下来饮茶闲说一阵，便起身来到案前准备作画，那阵势好比擂台，比高低，分雌雄，决生死。

画案已铺好一张丈二匹的夹宣，这次画画预备家伙材料的事，都由黄金指一手操办。看这阵势，明明白白是想先叫钱唐露丑，自己再上场一显身手。

钱二爷一看丈二匹，就明白是叫自己开笔，也不客气走到案前。钱二爷人瘦臂长，先张开细白手掌把纸从左到右轻轻摩摸一遍，画他这种细线就怕桌子不平纸不平。哪儿不平整，心里要有数。这习惯是黄金指没料到的。钱二爷一摸，心里就咯噔一下。知道黄金指做了手脚，布下陷阱，一丈多长的纸下至少三处放了石子儿。石子儿虽然有绿豆大小，笔墨一碰就一个疙瘩，必出败笔。他嘴没吭声，面无表情，却都记在心里，只是不叫黄金指知道他已摸出埋伏。

钱二爷这种长线都是先在画纸的两端各画一物，然后以线相连。比方这头画一个童子，那头画一个元宝车，中间再画一根拉车的绳线，便是《童子送宝》；这头画一个举着鱼竿的渔翁，那头画一条出水的大红鲤鱼，中间画一根光溜溜的鱼线牵着，就是《年年有余》。今天，钱二爷先使大笔在这头下角画一个扬手举着风车的孩童，那头上角画一只飘飞的风筝，若是再画一条风中的长线，便是《春风得意》了。

只见钱二爷在笔筒中摘支长锋羊毫，在砚台里浸足墨，长吸一口气，存在丹田，然后笔落纸上，先在孩童手里的风车上绕几圈，跟着吐出线条，线随笔走，笔随人走，人一步步从左向右，线条乘风而起，既画了风中的线，也画了线上的风；围看的人都屏住气，生怕扰了钱二爷出神入化的线条。这纸下边的小石子在哪儿，也全在钱二爷心里，钱二爷并没叫手中飘飘忽忽的线绕过去，而是每到纸下埋伏石子儿的地方，则再提气提笔，顺顺当当不出半点磕绊，不露一丝痕迹，直把手里这根细线送到风筝上，才收住笔，换一口气说："献丑了。"立即赢得满堂彩。钱二爷拱手谢答，却没忘了扭头对黄金指说："待会儿，您使您那根金指头也给大伙画根线怎样？"

黄金指没搭话，好似已经输了一半，只说："等着唐四爷画完再说再说。"脸上却隐隐透出点杀气来。他心里对弄垮使舌头画画的唐四爷更有根。

黄金指叫人把钱二爷的《春风得意图》撤下，换上一张八尺生宣。

舌画一艺，天津无人不知，可租界里外边来的人，头次见到。胖胖的唐四爷脸皮亮脑门亮眼睛更亮，他把小半碗淡墨像喝汤喝进嘴里，伸出红红舌头一舔砚心的浓墨，俯下身子，整张脸快贴在纸上，吐舌一舔纸面，一个圆圆梅花瓣留在纸上，有浓有淡，鲜活滋润，舔五下，一朵小梅花绽放于纸上；只见他，小红舌尖一闪一闪，朵朵梅花在纸上到处开放，甭说这些看客，就是黄金指也呆了。白将军禁不住叫出声："神了！"这两字叫黄金指差点头撅过去。他只盼自己的绝招快快显灵。

唐四爷画得来劲，可愈画愈觉得墨汁里的味道不对，正想着，又觉味道不在嘴里，在鼻子里。画舌画，弯腰伏胸，口中含墨，吸气全靠鼻子，时间一长，喘气就愈得用力，他嗅出这气味是胡椒味；他眼睛又离着纸近，已经看见纸上有些白色的末末——白胡椒面。他马上明白有人算计他，赶紧把嘴里含的墨水吞进肚里，刚一直身，鼻子眼里奇痒，赛一堆小虫子在爬，他心想不好，想忍已经忍不住了，跟着一个喷嚏打出来，霎时间，喷出不少墨点子，哗地落了下来，糟蹋了一张纸一幅画。眼瞧着这是一场败局和闹剧。黄金指心里开花。

众人惊呆。可是只有唐四爷一人若无其事，他端起一碗清水，把嘴里的墨漱干净吐了，再饮一口清水，像雾一样喷出口中，细细淋在纸上，跟着满纸的墨点渐渐变浅，慢慢洇开，好赛满纸的花儿一点点张开。唐四爷又在碟中慢慢调了一些半浓半淡的墨，伸舌蘸墨，俯下腰脊，扭动上身，移动下体，在纸上画出纵横穿插、错落有致的枝干，一株繁花满树的老梅跃然纸上。众人叫好一片，更妙的是唐四爷最后题在画上的诗，借用的正是元代王冕那首梅花诗：

吾家洗砚池头树，

个个花开淡墨痕，

不要人夸好颜色，

只留清气满乾坤。

白将军心喜若狂说："唐四爷，刚才您这喷嚏吓死我了。没想到这张画就是用喷嚏打出来的。"

唐四爷微笑道："这喷嚏在舌画中就是泼墨。"

白将军听过"泼墨"这词，连连称绝，扭头再找黄金指，早没影儿了。

从此，白府里再见不到黄金指，却换了二位清客，就是这一瘦一胖一高一矮——钱唐二位了。

龙袍郑

天津卫的名人都有来头，来头都不小。绰号"龙袍郑"这个郑老汉的来头顶了天——皇上。

郑老汉是海河边一个渔夫，一个人，一条船，有兴致时拉网打鱼，有清闲时握竿钓鱼，吃鱼卖鱼，靠鱼活着，傻傻乎乎，乐乐呵呵。

乾隆下江南时，乘船途经天津，看到河上桅杆林立，岸边货堆成山，开了大眼，皇宫里头虽然金装银裹，却看不到这种冒着人间活气的景象。皇上高兴，要到岸上溜达溜达，怕招眼招事，不敢骑龙驾虎，便在龙袍的外边罩件大氅，只带着两个随从，靠岸下船，边走边看，愈看愈有兴致，也就愈走愈远。

看着看着，一个景色把皇上吸引住。

不远河上停着一只船，有舱有棚，一个渔翁坐在船头钓鱼。人在船上，影在水里，像个画儿。看钓鱼都是等着看人家钓上鱼，老翁一条一条总有鱼上钩，皇上就看得有滋有味，扭头对随从说："回到宫里，我也去御花园钓钓鱼。"

随从说："皇上钓的比他强，皇上钓的是金鱼。"

可是没大一会儿，这渔翁收起竿子，把船几下划到岸边。这渔翁就是郑老汉。皇上走过去问他："你正上鱼，怎么收竿不钓了？"

郑老汉站在船头，手往西一指说："没见那云彩，要下雨了。"

皇上往西边一看，果然一块黑云。云形很怪，前头像刀裁一般齐。乌云前边是晴天，这云就像一块黑色的床单要遮过来。郑老汉说："这是齐头云，来得可快，雨说下就下。您这是往哪去？还不快跑，迟了可就成落汤鸡了。"

皇上说："哎哟，我是从船上下来玩的，我的船还远。"

郑老汉说："您要不嫌弃就上船来避避，这雨说着就到。"

皇上抬头一看，果然半个天都黑了，风也大起来，而且冷飕飕，往领口袖口里钻。随从赶忙把皇上扶上了船。船不大，舱不小，连皇上带随从都钻进去。皇上头次钻进这渔家的窝里，看哪儿都新鲜。郑老汉拿几个破碗，沏了茶。这茶比树叶多点味罢了，皇上竟说好喝。喝茶间，雨已经来了，雨落舱棚，像大把大把撒豆子。这一来，皇上更有兴致说："你有吃的吗，我有点饿了。"

郑老汉笑道："我猜到您会饿，正给您热这锅熬面鱼呢！我郑老汉熬的面鱼，谁吃谁爱。这边打鱼的常提着酒葫芦来吃我的面鱼。"他说话这当儿，鱼味已经钻进皇上的鼻子眼儿，勾馋虫子了。

郑老汉的面鱼捧上来，皇上吃上两口就大声说好。面鱼又小又没样，从来上不了御膳，所以皇上没吃过；可是，面鱼又鲜又嫩又没刺，皇上头一遭吃，竟然大呼这才是山珍海味。御膳房的菜添油加酱，民间饭食原汁原味。皇上一边避雨，一边又吃又喝好快活，一高兴，把外边大氅解开，将里边的龙袍脱下来赐给了郑老汉。郑老汉万万没想到，天降洪福，居然在自家的小船篷里见到万岁爷了。两腿一软，两膝一松，啪地跪下，连连叩头，直到风停雨住，皇上走了，还趴在那儿把脑门撞着船板嘣嘣响。

整整一夜，郑老汉也弄不清这事是真是假。当今皇上到自己船上吃鱼喝茶——谁也不信是真的，可金光闪闪的龙袍就在自己手里。一时，他觉得赛做梦，连自己都不是真的了。

第二天一早，郑老汉没出船，在船头摆一张椅子，一张桌子。桌上铺着龙袍，自个坐在椅子上。不一会儿就招来许多好奇的人，而且人愈来愈多。当今皇上乾隆爷上过郑老汉的船，吃了他的面鱼夸好，还赐他身上的龙袍，这事眨眼传遍全城。几年前，皇上来天津，赶上妈祖生日看皇会，不过赐了两件黄马褂，民间就闹翻天。龙袍比黄马褂厉害多了，见了龙袍就如同见到皇上，于是有人跑去给龙袍磕头，这一来津城的乡绅、富贾、文人和官员纷纷赶往这里，像是皇上还在这里。官员碰上这种事都争先恐后，听说知府大人很快也要赶到。

郑老汉出了大名，从此人们就叫他"龙袍郑"。关于龙袍郑的各种传闻也就很快热闹起来。可是，人出了名就有人说好，有人说坏。一句好话后边总是跟着一堆坏话——恨人有笑人无嘛。有不怀好意的说龙袍郑天天夜里偷着把龙袍穿在身上，坐在舱里装皇上。这传闻跟着就引来一个可怕的消息，说知府大人听了发火了，不但不来了，还要抓龙袍郑，没收龙袍，治他"亵渎圣上"的重罪。后边还有更邪乎的传闻呢。

这一下就把龙袍郑吓跑了。三天过去，便不见龙袍郑的人影船影龙袍影，看来是吓破胆了，划船跑了。

码头的事再热闹，都是一阵风，说过去就过去。渐渐人们不再提龙袍郑，却时不时有人把船泊在原先龙袍郑停船的地方，握竿垂钓，想也碰到一次皇上。

在估衣街上有个摆摊卖槟榔的小子，人挺精明，做梦都想发财，一直没撞上好机会。这小子也姓郑，兄弟排行老三，人称郑三。一天，有人对他说："你也姓郑，人家龙袍郑也姓郑，人家是嘛运气，皇上找上门来。不过那老家伙有机会不会使，福报不够，天大好事竟然叫他差点惹来杀身之祸。"

郑三听了，灵机忽动，眨眨眼说："我会使。"没多少天，他就把自己祖传的北城根的两间瓦房，换到了海河边三间屋，开个面鱼店。自称自己和龙袍郑是同姓同宗同族，龙袍郑熬面鱼那两下子他都擅长，所以他开的面鱼店门口就挂起了"龙袍郑"的牌子。

做买卖靠旗号。谁不想品品皇上的口味？郑三的熬面鱼便成了天津卫小吃的名品。真龙袍郑亡命天涯，假龙袍郑日进斗金。日子一久，郑三就叫龙袍郑。那段故事便成了他店里天天讲的老事了。

炮打双灯

都说静海县西南那边，地里不是土，全是火药面子。把那干结在地皮上白花花的火硝刮下来，掺上硫黄木炭，就是炸药。再加上盐碱，土里的火性太大、太强、太壮，庄稼不生，野草长不到三寸就枯死；逢到大旱时节，烈日暴晒，大开洼地无缘无故自个儿会冒起黑烟来……可有一种灌木状丛生的碱蓬，俗称红柳，却成片成片硬活下来，有时候不知为什么，一下子全死了，死时变得通红通红，像一团团热辣辣的火苗。在夕照里望去，静静的，亮亮的，好像地里的火药全都狂烧起来。老百姓靠山吃山，靠水吃水，靠火药吃火药，自来不少村子，家家户户都是制造鞭炮烟花的小作坊，屋里院里总放着一点就炸的火药盆子，一不留神就屋顶上天、血肉横飞；土匪、游勇、杂牌军常窜到这里来，不抢粮食，专抢火药，弄不对劲儿就药炸人亡。那么此地人的性子又是怎样？是急是缓是韧是烈？拿人们常用的话说便是：点着一根药信子瞧瞧。

牛宝，人称"卖缸鱼的牛宝"，今年二十三，陈官屯人。他祖宗神道，名字起得像算命一般准，牛宝二字就是他的一切。先说牛，他浑身牛一般壮实的肉，一双总睁得圆圆、似乎眨也不眨的牛眼，还有股牛劲，牛脾气，头上没角却好顶牛，舌头比牛舌还硬，不会巧说话；再说宝，他天生一双宝手，虽长得短粗厚硬，手掌像肉饼子，却从杨柳青外婆家学来一手好画，专画大年贴在水缸上求福求贵的缸鱼：一条肥鲤扬头摆尾，配上莲蓬荷花，连年有余呀！那红鱼绿水，金莲粉荷，一看照眼，图样出得富态，版线刻得活泛，颜色上得亮堂，画缸鱼的人多的是，可这喜庆兴旺的劲儿谁也学不来。年年腊月大集上，不少人专等着"卖缸鱼"的牛宝来。一露面，全出手，腊月里攒的钱，够一年四季零花。真像是手里捏个宝，想什么变什么。

腊月十四这天，静海县城的大集已经很有年味了。牛宝肩扛三百张缸鱼到集上，找一块人流往返的地界儿，站不多时候，卖个干净，别无他事，便轻轻爽爽去往顶西边的炮市看热闹。

这里的炮市，天下少有。原本是条河，年年秋后河水干涸，三九天河泥冻硬，这河床便成了卖鞭炮的集市。牛宝最爱看这阵势，远近各村赶来一车车鞭炮，都停在两岸河堤上，车上鞭炮用大红棉被蒙盖严实，怕引上火。牲口的眼睛一律使红布遮住，耳朵使红布堵上，怕给炮声吓惊。为什么使红色的布？造鞭炮的都是铤而走险，灾祸四伏，据说红色避邪。人们拿着自家制造的鞭炮，走下堤坡，到河床上去放，相互争强斗胜，哪家的鞭炮出众，自然招引很多人来买。这一截子差不多二里长的河床里，浓烟裹眼，烟硝呛鼻，连天炮响震得耳朵生疼。这股子火爆凶猛的劲儿，叫牛宝看得快活，不觉下了堤坡，但还没到鞭炮阵的中央，满脑袋就全是鞭炮屑儿了。

把事情挑出头来的是这女人。这女人一下子跳进牛宝的眼睛里。怎么能说是这女人跳进他眼里？她还离着远呢！可世上好看的女子，都不是你瞧见的，而是她自己招灾惹事活灵灵跳到你眼里来的。她顶大二十出头，头上扎块大红布头巾，两鬓各奔拉下一片黑发，像是乌鸦的翅膀，把她那张有红有白鲜活透亮的小鼓脸儿夹在当中。她人在那么远，牛宝怎么能看得这般清楚？魂儿给勾了去呗！渐会儿，才看明白，北边堤坡一棵歪脖老柳树下，停着一辆驴车，她坐在蒙着大红棉被满满一车鞭炮上，倚车站着两个小子，一个大，一个小，各执一根放鞭用的长竹竿子，这两个小子什么模样，牛宝满没瞧见。

他像驾了云，双脚由得也由不得自己，幻幻糊糊一步步朝那女人走去。看这女人像看花，愈近愈好看，那眉眼五官，画也画不出这般美，而且清清楚楚，白处雪白，黑处乌黑，红处鲜红，像羊肠子汤那样又鲜又冲……忽然，一杆竹竿横在他身前，牛宝怔住才看清，原来就是站在那女人车前的小子，年龄较大的一个，十八九年岁，圆头圆脑，四方厚嘴，肥嘟嘟的嘴巴子冻得像唱戏打脸涂了胭脂，倒是虎虎实实样子，只可惜长了一双单眼皮。这圆头小子问道："你是买炮的，还是卖炮的？"口气很不客气。

牛宝正要回话的当口，从这小子肩头刚好与那女人眼对眼，只觉得两个深幽幽、晃着天光的井眼对着自己，弄不好就要一头栽进去。心里一恍惚，说出的话便岔出道儿去。

"卖炮的，干啥？"

他哪卖过炮，为什么偏偏这样说？这话一错，可就把自己送上绝路了。

圆头小子说："这边是俺们蔡家卖鞭炮的地界儿。你要来买炮，俺不拦你；你要卖炮，对不住！你先放一挂叫俺们瞧瞧，要是比俺们强，这地界儿就归你了。"说罢，嘴唇朝天噘，不信天下还有老大，也不信还有老二。

牛宝涌上来一股劲。说不清是叫这小子的傲气激的，还是叫那女人的美色挤的。反正他顶上牛。听完圆头小子的话，拨头就走，到那边炮市中央，在呛鼻震耳的浓烟烈炮中转了两圈，寻到一家卖鞭的，个大，贼响，掏钱买了四挂，都是千头大查鞭，还高价把人家放鞭使的大竹竿也买下来，返回到这圆头小子面前，闲话不会讲，剥开大红包纸，挑起一挂就放，一阵火闪烟腾，声如炸雷，噼噼啪啪连珠般响起来，真是好鞭！惹得不少人围上来并纷纷喝彩叫好。可这挂鞭放完，圆头小子站在原地并没动，嘴仍噘着，一脸不屑的神气。牛宝一瞅他绕在竿子上的一挂鞭，差点没笑出声来；这挂硬纸卷的小钢鞭，分外细小，像是豆芽菜，而自己的大查鞭却同小指头粗，摆在一起，只怕那小钢鞭像一堆耗子屎啦。想必是这圆头小子心虚不敢比试，故作高傲，再不端端架子还不倒下来？明摆着对方叫自己比趴下了！抬眼瞧那女人，越发兴奋起来，把余下三挂大查鞭扎成一束，使竿子高高挑起，拿火一点，三挂齐响，声音翻番，成百上千小爆竹喷火刺烟，纷纷炸落下来，好似一阵恣肆的弹雨。牛宝不懂放鞭炮的门道，竿子举得过直，许多爆竹就落到他头上肩上手上，还有几个从领口掉进衣服，在前胸后背炸了，这一炸，尤其透过火光硝烟看见那女人正在笑他，立时撒起欢来，粗声吆喊，尖声欢叫，似唱非唱，腿又蹦，肩又摆，手中的竹竿子像是醉汉的腰，东摇西晃，甩得爆竹四下散落，逼得围观的人叫着笑着往后退，有人认出卖缸鱼的牛宝，不知他遇上喜还是撞上邪，跑到这里来瞎闹，耍活宝。

就这时候，空中一声"啪"！清脆至极，像是清晨车把式将那带露水的鞭子，在凉冽的空气里麻利地一抖。

牛宝没弄明白这声音打哪儿来，跟着就听这鞭子在半空中"啪啪"抽打起来，愈打愈紧愈密，声音毫不粘连，每一响都异常清晰、干脆、刚烈，上下左右，响在何处都一清二楚。牛宝这才瞅见，原来是圆头小子把他那挂小钢鞭点响了。奇了！他这鞭怎么声声都像是钻到耳朵里炸，直要把耳膜炸裂？这炸声还把三挂大查鞭的响声从耳朵里赶了出来，赶到外边，变得像拍打棉袄或吹破猪尿泡的那种闷响，完全成了圆头小子那小钢鞭的陪衬了。真奇了！他豆芽菜似的小鞭，哪来如此大的炸劲儿？当两人竿子上的鞭炮全放净，对面站着，牛宝瞪大眼发傻，圆头小子指指地面，牛宝一瞅更是惊讶。圆头小子身周一片炸得粉粉碎的鞭炮屑儿，像是箩过，细如粉末，足见炸药的劲力；自己四周却有许多爆竹根本没炸开，到处是烧净了火药黑乎乎的纸筒子，围观的人给他起哄，喝倒彩，这算栽到家了。他抬头硬叫自己向歪脖柳树下边望去，那女人也在嘿嘿笑话他。这笑比任何人嘲弄挖苦都叫他难堪。他要是土行孙，当即就扎进地里。羞恼之下，把竹竿子一扔，朝圆头小子说：

"十八号大集，咱再到这儿见！"

"干啥等到十八，"圆头小子神气活现地说，"你要不服，带着好货去独流镇找俺们，那儿后天就是集！"

周围一片叫好，此地人就喜欢这种带劲的话。

二

转过两天，牛宝在独流镇的炮市上拉开阵势。

独流镇的炮市与静海县城不同。十来亩平平坦坦一块场子，四外围着泥坯垒的一道墙，多处坍塌，任人跨出跨进；地上光秃秃，只是戳着高高矮矮许多拴牲口的木桩，平时这是买卖牲口的地界儿。可一入腊月，卖花炮的渐渐挤进来，鞭炮一响，牲口吓走了，自然而然做临时的炮市。

今儿牛宝好精神。一身崭新的棉袄棉裤，乌鞋净袜，脑袋一早洗过，此刻太阳一照，墨黑油亮。卖炮的人从没有这般打扮，烟熏火燎，鞭炸炮崩，衣衫多是旧破与糊洞。牛宝平时最不爱新衣，这样一身全新，架架楞楞，生生板板，像是相亲来的。他身边站着一个苍白消瘦的小子，带着病象，一双小眼倒是亮亮闪闪，十二分的精神。这人是他堂弟，名唤窦哥，专门折腾花炮的小贩。昨天牛宝请他买来一批上好鞭炮。窦哥既钻钱眼，也讲义气，买卖道上很有情面，这批鞭炮是他打沿儿庄"万家雷"家里买出来的。这"万家雷"不单名满静海，还在天津卫宫前大街和北平的厂甸设炮摊，挂字号，有几分名气。人说"万家雷"能开山打洞，装进大炮膛里当炮弹使。

牛宝连夜把鞭炮上凡有"万家雷"的戳记都扯下来，换上红纸，临时使块杜梨木刻条大鲤鱼盖上去。自打静海造炮千八百年来，还没见过这字号。转天满满装一小车，运到集上，车上车下摆得漂漂亮亮；大挂的万头雷子鞭，一包三尺多高，立在车上，像半扇猪，极是气派。牛宝和窦哥各拿一根大竹竿，足足两丈长，左右一站，好比守阵门的两员武将。

对面是圆头小子，手握长竿，挑一挂红纸大鞭，横刀立马站在前头。后边是装满鞭炮的驴车，那女人面雕泥塑般坐在车上。车前，除去那年龄小的小子，还多出一个黑瘦瘦的男子。他们腰上全扎一条避邪用的红布腰带。炮市上的人看这阵势，知道要比炮，都围了上来。

窦哥一瞅对方，眼珠惊得差点没掉在地上，扭脸对牛宝低声说：

"牛宝哥，你咋跟他们斗上气儿了？人家是文安县蔡家呵！在天津卫'蔡家鞭'和'万家雷'齐名，前二年蔡家老大给火药炸死，蔡家人不大往咱静海这边来了，'蔡家鞭'也见不着了。哎，你瞧，坐在车上那俊俏人就是蔡家大媳妇，名叫春枝，方圆百里，打灯笼也难找着这么俊的人儿！可惜守了寡！这圆脑袋小子是蔡三，倚车站着的是蔡家老二和老四，都是放炮的好手。咱的炮再好，也放不过人家，更别说人家'蔡家鞭'了！"

牛宝听了，脑袋里只多了春枝，根本没有"蔡家鞭"，还要多问，可不容他说话，圆头圆脑的蔡三已经将竹竿子使劲划起圈儿来，直把拴在竿尖上的那挂鞭甩成一条直线，在空中呜呜响。卖鞭的人都这么做，显示自己编炮使的麻绳结实不断。跟着，蔡三又变了手法，耍起花活，叫手中的竿子转起来，半圈紧，半圈松，一紧一松，有张有弛，那鞭就忽弯忽直，忽刚忽柔，蛇舞龙飞，十分好看，还没点炮，就引得人们叫好。随后，竹竿往地上"噔"地一戳，鞭炮垂下来，点着就炸，声音比上次那小钢鞭响几倍，震得周围一些拉车的牲口慌慌挪动身子和腿，受不住，要跑。

牛宝挑起一挂雷子鞭也点响，"万家雷"名不虚传，个个爆竹都像炸雷，带着一股烈性与豪气，只比蔡家的大鞭强，绝不比蔡家弱，也招来一阵喝好。

两边就紧紧较上劲儿。

只见蔡三往右边一闪，小小蔡四从车子那儿走来，手提一挂巨型大鞭，每只都有黄瓜一般粗，总共十二只，像是提着一串长茄子，引得人们喊怪叫奇。蔡四身小，虽然斜向上举，最下边的一只大鞭依然嚓嚓蹭地。牛宝头次瞧见这般大的鞭。窦哥告诉他："这叫'一步一响'，走一步，炸一个，这是蔡家鞭的看家货，已经多年见不到，你一听就知道了。"他掏钱给了身边一个熟人，嘀咕些话，然后对牛宝说："我叫人去买他几挂，有几挂这鞭当幌子，今年多赚一倍钱。"

蔡四走到场子中央，蔡三帮他点着药信子，大鞭炸天，响声像打炮，震得看热闹的人不单堵耳朵，还闭眼。小小蔡四却毫不为之所动，炮炸身边，浓烟蔽体，他却像提着笼子遛鸟，从容又清闲，叫人佩服蔡家人鞭炮这行真有功底。

蔡四稳稳当当走了十二步，一停，手里的大鞭刚好放完。一时不少人涌上来，争买大鞭。窦哥扬手大叫："别急，还有更好的家伙哪！"他从车上抱下来一个天下少见的大雷子炮，立在地上，一尺多高，快要齐到膝盖，小胳膊粗，药信子像根麻绳，大红纸筒，上边盖的戳记是条墨线大鱼。

"娘哟！这不是炸城池子用的吧！"有人惊叫道。

"你瞧炮上那条鱼，挺像是牛宝的缸鱼，哎，那壮小子是牛宝吧，他咋改行卖起炮来了？"

人们议论着。

春枝在车上，仍旧像娘娘庙里的泥像，端坐不动，只是眼睫毛偶尔惊战一下，那是听到人们议论时的反应，这反应却不为任何人发现。

牛宝拿香点着大雷子炮，轰地炸开，烟腾火起，声如天塌地陷，近前的人溅了一身黄土，没人叫，都呆了，像是出了大事。连牛宝都发蒙，一时竟不知发生什么意外。面皮生疼，是大炮炸开气浪拍打的。唯有蔡家人眼皮眨也没眨，但这一炸，却使春枝对眼前的事全然明了了。

随后两边各逞其能，蔡家人放炮似有用不尽的花样，可牛宝一招不会，新棉袄叫炮打煳了两大片，一只耳朵打红了，差点丢人现眼，多亏窦哥常年贩炮，见多识广，会使小伎俩，支应着局面，但要不是"万家雷"货真价实，东西地道，也早叫蔡家打趴下了。看来，真东西没亏吃，此亦万事之理。

蔡家老二放"二踢脚"的本事，叫人赞叹不已。他打开两把"二踢脚"，一个个插在红布腰带上，站在场子中央，先照寻常手法放上天空。蔡家鞭好，炮一样是头等；这"二踢脚"飞得高，炸得脆，高空一炸，碎屑飞散，像是打中一只鸟，羽毛迸开，飘飘飞去。他这样一连放三个，便换了手法，把"二踢脚"倒拿手里，点着药信子，先叫下边一响在手上炸了，再用力抛上天空，炸上边一响。想叫它在哪儿炸就在哪儿炸。圆头圆脑的蔡三在两丈开外举起一挂鞭，蔡二看准，点着"二踢脚"，炸掉一响后，把余下一响抛过去，正好在那挂鞭下端炸开，当即引着那鞭，噼噼啪啪响起来，更引得周围一个满堂彩。这蔡老二得好却不罢手，更演出一手绝活。他像刚才那样倒拿"二踢脚"，炸掉下边一响后，却不抛出手，而是交给另一只手，抓住炸开的下半截，叫上边一响在另一只手上炸。两响不离手，一手一响，这招极是危险，换手慢了，就把手炸伤。但他黑瘦瘦紧绷绷的脸上老练而自信，动作从容又娴熟，好像玩一条鱼。

牛宝见对方压住自己，心里着急。

窦哥说："在天津卫大街上摆炮摊，不叫你乱放'二踢脚'，怕引着房子，崩着人，'二踢脚'就这样拿在手里，放给人看。蔡老大，就是那女人死了的爷们儿，还有手活儿更绝，他把大雷子夹在手指头缝里，一个指缝夹一个，两手总共夹八个，平举着，八个药信子先后点着，哪个快炸，松开哪个。叫雷子掉下来炸，可又不能碰地，碰地会弹起来崩着人。这火候拿不准，手指头就炸飞了。如今蔡老大一死，没人敢耍这手活了。哎，牛宝哥，你咋直眼了？"

牛宝听着这话，眼盯着春枝，脑袋里轰地涌出个念头，他对窦哥说：

"你给俺把大雷子夹在手指头缝里，俺试试。"

"你疯啦，这手活是拿空炮筒子练出来的，咋能使真的试？炸坏手，你使啥画缸鱼，俺不干！"窦哥说。

牛宝不理他，从车上取些大雷子，一个个夹在手指缝里，平举双臂，瞪大眼，用一种命令口气对窦哥说："点上！"

窦哥见事不好，想扔下香头跑掉。

谁知牛宝这么一来，蔡家哥仨如同中了枪弹，怔住。春枝脸色十分难看，像是闹心口疼；蔡三红着脸喊道："这小子当俺们蔡家没人，欺侮俺们嫂子，拼啦！"哥仨疯了似的冲过来。还有蔡家同乡和要好的也一齐拥上。

牛宝还没弄懂这缘故，就给蔡家人摁在地上，窦哥也被揪扯住。对方喊着要把雷子插进他们屁眼儿点上，窦哥吓得叫救命求饶，想解释，却不知牛宝与蔡家究竟什么仇。牛宝给十来只大手死死摁着，摁得愈死，他犟劲愈大，用力一挣，脑袋刚抬起来，嘴巴反被压下来，在冻硬的地皮上蹭破，火辣辣的疼痛，蔡老三问他要干啥，他火在身体里撞，嘴更笨，索性大叫：

"俺想做你哥，俺想做蔡老大！"

这话叫在场的人全傻了！傻子也没有这么说话的。蔡家哥仨气得发狂，把他拉起来，用几十挂大鞭把他浑身上下缠起来，要炸他。牛宝使劲使得脖子脑门全是青筋，叫着：

"点火，点火呀！死活我是你哥啦！"

蔡三攥着一把香火，指着牛宝说："你欺人太甚，俺豁出去吃官司，坐大牢，今儿也要把你点了，大伙闪开，我个人做事个人当——"说着就要冲上去点。

"慢着。"忽然响起一个清亮的声音。

牛宝瞧见春枝竟站在他身前，一手拦着蔡三，面朝自己。这张脸就是在杨柳青年画《美人图》上也找不着，可此刻满面愁容，两眼亮晃晃，厚厚包着泪水，像是委屈极了。在牛宝惊讶中，春枝说："你不好好卖你的'缸鱼'，弄来这些'万家雷'来闹啥？你要再来搅扰俺，俺就亲手点这鞭！"然后对蔡家哥仨说，"回家！"一扭身，一大片眼泪全甩在牛宝当胸上。牛宝觉得，像是一排枪子打在自己身上。

春枝和蔡家人去了，浑身缠着大鞭的牛宝，像那拴牲口的木桩，直呆呆戳在那儿。

三

如果牛宝不去沿儿庄，他和春枝这段纠缠也就此罢了。自己一时迷糊、冒傻、犯浑，把人家好好一个女人逼成那份可怜相。究竟春枝因何这般痛苦不堪，他琢磨不透。眼盯着溅在他棉衣上春枝的泪痕，后悔到头，不住地骂自己，最后把剩下的半车鞭炮堆在大开洼里点了，炸成火海雷天，惹得邻村人敲锣报警，以为谁家造炮，中了邪火，炸了窝。

转过两天，窦哥提着两瓶老白干，一包天津卫大德祥的鸡蛋糕来找他，要一同去沿儿庄谢谢人家姓万的，不管牛宝自己的事如何，人家"万家雷"真给使劲儿，那巨型的大雷子炮是万老爷子特意做的，真叫激动人心！这事关着窦哥生意道儿上的情面义气，牛宝便随窦哥来到沿儿庄。

沿儿庄人上至七老八十，下至童男童女，倘若不会造炮，非残即傻。尤其在这腊月里，家家院子的树杈上、衣竿上、屋檐下，都晾满整挂整挂沉甸甸的大鞭，好比秋后拿线串成串儿、晒在屋外的大辣椒；墙头摆满捆成盘的雷子两响，像是码起来的大南瓜，极是好看。那些进村出村的大车装满花炮，蒙上大红棉被，在冰天雪地里更是惹眼。这腊月的鞭炮之乡虽然十二分的热闹，却听不到一声炮响。静得绝对，静得离奇，静得叫人揪心。

牛宝万万想不到，这位跟火药打一辈子交道的万老爷子，竟然胆小如鼠。三九寒冬，屋里和屋外一般冷，炕不生火、灶不烧柴，茶碗里水全结成冰，唯有说话时从嘴里冒出点热气。牛宝和窦哥一进门，万老爷子就嘀咕他们身上有没有铁器、抽烟打火的家伙，鞋底钉没钉"橘子瓣儿"？还非叫他俩抬脚亮鞋底，看清楚才放心。窦哥假装不高兴地说：

"万老爷子每次都这么折腾我，下次我得光屁股来了。"

"别怪我疑神疑鬼。火是我们这行的灾。我不认字，我爹说灾字就是下边一个'火'字，上边三个火苗。所以俺们非到做饭时才生火，烟也不抽，家里除去做饭的锅，不准使一点铁器。那九十堡的'炮打灯'杨四，就是称火药时，秤砣掉在地上，迸出火星子，把一桶火药引炸，炸得杨四没有尸首，秤砣飞出半里多地。火这东西不知打哪来的，有时两家隔一道墙，这家点烟，火竟能穿墙过去，把那家屋里的鞭炮引着，火可邪啦……"万老爷子说到这儿，两眼发直，像是见到鬼，"哎，窦哥，你可小心点桌上那盆火药！"

待窦哥把"万家雷"前天在独流镇显威风的情景，一说一吹一捧，万老爷子才松开面皮，满脸直垂的皱纹也打弯了，龇开一嘴黄牙笑了。这儿井水盐碱也大，人牙焦黄。他神情得意地问道：

"俺那大活咋样？"

"还用说。生把土地炸个大坑，人说再炸就炸出个井来了。是不是这么说的，牛宝哥？"窦哥朝牛宝挤挤眼，叫他帮腔，哄万老爷子高兴。

牛宝嘴拙，找不着话说，只傻笑，点头。

万老爷子越发得意，笑眯眯再问：

"你们跟谁家比炮？"

"俺们咋能拿您的'万家雷'去跟无名小辈比试，那不成请关老爷和小兵小卒比高低了？对手是文安县'蔡家鞭'蔡家，行吧？"

"噢？"万老爷子惊讶得很，他说，"蔡老大一死，都说蔡家关门不造炮，挂在天津卫的牌匾都摘了，怎么又出头露面，是不是假冒？"

"咋能假冒呢？蔡家四个大活人都在场呀！"

"咋四个？"

"蔡家老二、老三、老四，哥仨……"

"对呀，才三个，咋四个呢？"

"还有人家蔡老大的那俊媳妇春枝呢。春枝她——"窦哥说到春枝，看牛宝直了眼，便赶紧停住口。

"窦哥，你嘴动，胳膊别乱动，小心俺那火药盆子！"万老爷子叫道。然后叹口气说："春枝那孩子命够苦，三个跟她贴近的男人全给炸死了——她爹，她公公，她爷们儿！俺说她是火命！是火！是灾！"

牛宝听得惊异不已，他死也想听明白；窦哥完全清楚牛宝的心思，何况他自己也想知道这闻所未闻的事，便死乞白赖，东绕西套，终于从万老爷子肚里掏出下边的话：

"哎，窦哥，俺当你万事通呢，你咋不知春枝姓杨，她爹就是九十堡'炮打灯'杨四呵。还是大清时候，天津卫炮市上就有句话，是'蔡家鞭，万家雷，杨家的炮打灯'，这都是上两辈人创的牌子，到今儿全是百年老炮了。那时，因为杨家是本县人，跟俺们万家熟识，蔡家远在文安，相互只知其名罢了。到了俺们这辈，杨家跟蔡家认识了，很要好，两家给春枝和蔡老大定了娃娃亲。可春枝十岁就死了妈，跟她爹相依为命过日子。后来孩子们长大，该成亲了，蔡家老头子就去找杨四商量嫁娶的日子，杨四怕春枝走了，一个人受不住孤单，非要蔡老大倒插门。其实蔡家有四个儿子，少一个在身边怕啥？蔡家老头子偏不肯，谈崩了，都上了火气，蔡家老头子回家喝闷酒，一头醉倒，睡成烂泥巴，忘了热炕上还烤着几十挂受了潮的大鞭呢！一下烤过了劲儿，炮炸火起，怪的是四个大小伙子愣没打火里弄出他们爹，活活烧死。蔡家人恨死杨四，没人提那婚事。过两年，哎，就是俺刚头说过的——杨四同村人来找他借点火药，提着杆秤来称分量。造炮的人弄火药绝不准使铁器，勺用木勺，铲用木铲，他怎么忘了秤砣是铁疙瘩呢！秤杆一斜，秤砣砸在石头上，火星子迸进火药里，生把人炸得净光光，连根骨头也没找到，你们说奇不奇？好好一个人，像是变成一股烟，影都没留下，这是遭了啥罪？啥灾？杨家只剩下春枝孤孤单单一个闺女。那蔡老大来向她求婚，她不肯，不知因为她爹欠着蔡家一条命，还是怕一走，'炮打灯'杨家的根儿就此绝了？蔡老大打小跟春枝要好，知道这闺女的性子比火药还强，他竟造了一百个'炮打双灯'去到杨家门口放。意思是你杨家祖业给我蔡老大接过来了，绝断不了根脉。蔡老大是造炮好手，更是放炮好手，他把'炮打双灯'一个个立在手掌上托着放。凡是打上天的炮，头一响都得用'竖药'，只往高处蹿，不往横处炸。顶多觉出点坐力来，绝不会伤手。这又表示，他蔡老大已经把杨家的'炮打灯'学到家了。一百个放完，春枝流着泪出屋，二话没说，跟他去了文安……哎，窦哥，这些事你咋会不知道呢？"

"只只片片听见过，可各村各庄造花炮的年年出事，年年死人，哪会连成您这么长的故事！"窦哥说，"俺倒听人说过蔡老大的死，他是惹了大仙吧？"

"说是也是。春枝嫁到蔡家第二年，也是年根底下，她做了一盘'炮打灯'，打算三十夜里自己放，祭祖呗！她剩下一捧炸药没处放，就使高丽纸包个包儿，塞到鸡窝后边夹缝里。这地方平时绝没人去碰，最保险，谁知夜里闹黄鼠狼钻进鸡窝后边夹缝里，这也奇了，它上房翻墙，跑哪儿去不成，偏扎到火药包上，蔡老大拿棍子一捅，嘿，正好，'轰'地生把蔡老大炸得人飞起来，撞在屋檐上，再摔下来，成了血人……唉，怎么这样巧，又都巧到春枝一个人身上？也是命呗！出殡那天，春枝把自己编了十天十夜的两挂大鞭，足有几十万头，挂在大门两边老树上，放起来足足响了整整一夜，直叫整个村的人听着听着，都听哭了……"

牛宝听到这里，忽地翻身趴在地上，给万老爷子叩头。万老爷子蒙了，忙弯腰搀扶，说道：

"俺哪句话伤着你了，快起来，快起来，告诉俺，俺赔不是！"

牛宝却不起身，脑门撞地，冬冬山响，然后抬起泪花花的脸说："您得教俺造'炮打灯'，您得教俺造'炮打灯'，您得教俺造'炮打灯'……"反反复复只这一句话。

万老爷子更糊涂了，窦哥心里却很明白，他害怕牛宝再去惹事，但牛宝犟上劲儿的事，愈拦愈坏，因此他非但没有劝阻，反也趴在地上给万老爷子叩头说：

"您成全俺哥哥吧！"

这句话像是在万老爷子脑袋里点盏灯。万老爷子先是惊讶，随后摇着头低声说：

"要说春枝是个好闺女，懂事明理，知情讲义，可惜她天生是火命，是灾祸！你去问问文安县的光棍，还有人敢娶她做老婆吗？听俺一句吧，老弟！你只要一沾她，灾祸就扑上身，快快绝了这念头！"

牛宝额头顶着地，一动不动，说话的声音便又闷又重："俺、俺死活要当蔡老大。"他不会再多说一句。

乡里人之间并不靠说，哼哼两声，谁都能知道谁的意思。万老爷子叹口长气，无奈地说道："都是命里有呵！好，都起来吧，俺教！"他屁股没离凳子，一转，旁边就是一头吊在房梁上的赶版。他使这赶版一下一个，赶出四五十个炮筒子交给牛宝。然后把桌上的火药盒子和几个料碗端过来说："一硝、二磺、三木炭，火药就这三样东西。你要想往天上打，少放磺，多放炭，这叫竖药；你要想往横处炸，多放磺，少放炭，这叫横药。'炮打灯'是把灯往天上送，下边一响必得用竖药。听明白了？硫黄好买，县城里铺子就卖，木炭你自己会烧？"

"俺画样子就拿木炭起稿。把柳树枝用泥封在洋铁罐里烧，行不？"牛宝说。

"这可不行！造炮的木炭不能使柳枝，只能用青麻秆。"

"麻秆倒有，可硝到哪儿去弄？"

"碱河边有的是，白花花一片片。人说文安任丘那边地上的硝更好，是火硝。"窦哥插嘴说。

"使那硝造炮，还不如放屁响。俺告你们个绝密。你们要是说给外人，俺就使炮炸了你们——"万老爷子凑过织满皱纹的老脸，表情神秘，压低嗓音说，"你们就到俺家对面那茅厕后的墙上去刮。"

"那是尿硝呵！"窦哥说。

"谁说不是。这村里人身上全是硝，尿出来的尿烫手，结成的尿硝才有劲儿哪！我家的不行，人老了，没火力。对面崔家五个小子，个个像小牛，那硝面子才是好东西。"万老爷子说，"这硝弄回去，可不能直接使，先用锅熬，熬成水，泼在木炭上，晾干压成粉再掺硫黄。记着，一份硝炭，一份半硫黄。'炮打灯'使竖药，还得多放硝炭！"

"那打到天上的灯，咋做法？"牛宝问。

万老爷子说："这东西叫明子，你不会配，俺送你些吧。"他从身后拿出两个瓦坛子，里边装着黄豆大小、药丸似的东西，各拿出几十粒，分别使红绿纸包上。"这红纸包的，打到天上就是红灯，绿纸包的打到天上是绿灯。'炮打灯'有很多样儿，有一响一灯，有两响七灯，欲称'炮打七灯'，可灯色都是黄色的。唯有这'炮打双灯'，一红一绿，打到天上才好看哪！听俺爷爷说，大清时候，男的向女的求婚，就在人家房前放这炮。当年蔡老大在杨家房前放'炮打双灯'，多半就是这意思。"

牛宝呼啦一声又趴地上，给万老爷子连磕响头，像是遇到救命大恩人。他动作太猛，差点把桌上火药盆子撞下来，幸亏窦哥眼疾手快抱住了。

待牛宝与窦哥千恩万谢告辞回去，万老爷子一人叹息、摇头，还狠狠砸了自己几拳，好像自己伤天害理、送人上西天了。

牛宝和窦哥出来就绕到对面茅厕后边。一看沿墙根白白的，果然都是尿硝，又厚又硬，使瓦片刮下来，晶莹闪亮。两人正刮得带劲，有个孩子喊："有人偷硝了。"吓得他俩赶紧使帽头兜上硝面子，慌张逃出村，再逃回家。

牛宝照万老爷子的法儿，买料、配料、装活，他平日里干活认真，可此时脑袋着魔了，总一闪一闪老年间求婚使的那一双双红灯绿灯，稀里糊涂弄不清硝炭同硫黄，该是哪多哪少，装了一半，便不敢再装。傍晚时候，窦哥来了，两人一说，窦哥笑道：

"你脑袋里净是那春枝啦，咋弄不清呢？'炮打灯'使竖药往天上打呗，多掺些木炭不就行了！"牛宝往药里又加些木炭。两人在房后空地上试了两个，真鼓捣成啦！一响过后，打炮筒里飞出两条亮线，一红一绿，直上天空，老高老高，跟着变成一红一绿两盏灯，极亮极艳，照得天都暗了。窦哥看去，这双灯不在天上，而是在牛宝眼里；那大眼眶子中间，绚烂五彩，烁烁逼人。可窦哥哪知，刚刚牛宝往火药里加木炭之前，已经装成的一些炮，配料正好弄反，竖药成横药！

四

静海县城逢四逢八是大集。今儿是腊月二十八，大年根儿，赶集是最后一遭儿，买卖东西的人便都翻几番，穿戴也鲜活多了；炮市上更是气势压人，河床上烟火连天，炸声如雷，像是开了战；两岸堤坡装鞭炮的车排得密不透风，好似千军万马列成长蛇阵。牛宝和窦哥手拿一包"炮打双灯"，蹲在一辆牛车后头，等候天晚人少。牛宝目光穿过大车轮子，一直死盯着春枝。她依旧在那歪脖柳树下，坐那驴车上，依旧黑衣服、白脸儿、红头巾，但她不像前两次木雕泥塑般纹丝不动，而是把俊俏小脸扭来扭去，东张西望，像是找什么。蔡家哥仨放鞭卖炮，忙前忙后，她却像没瞧见。

下晌后，炮市明显歇下劲来，停在堤上的大车走了许多，零零落落，不成阵势；河床中央的硝烟也见稀薄，看出一个个人来。日头西沉，景物、天空乃至空气全变暗，火光反显得分外明亮。渐渐剩下的人多是鞭炮贩子，吆喝喊叫加劲闹，无非想把压在手里的货甩出去。鞭炮这东西，压过腊月二十八，就得压上一年。地上炸碎的鞭炮屑儿，已经铺了厚厚一层，歪脖树下的蔡家人开始收摊子，也要返回去了，就这时牛宝带着窦哥突然出现在蔡家人面前。

春枝眼睛一亮，像是这才定住魂儿。

蔡家哥仨马上抄起家伙走上来。他们见牛宝立眉张目，嘴角紧张得直抖，有股子决然神气，以为并非比炮，只是要报复前仇，拼命来的。可牛宝不动手也不动嘴，他把厚厚大手平着向前一伸，掌心朝上，中央摆着一个"炮打双灯"，大红炮筒，绿纸糊顶，还使黄纸盖个鲤鱼戳记粘贴中间，鲜艳漂亮，不是画画的牛宝，谁能把花炮打扮成这个样儿？蔡家哥仨一看，立即明白牛宝要干什么，气急眼红，竹竿子给抖动的膀臂震得哗哗响。他们回头看春枝，等待嫂子下令，他们就把这欺侮人到家的小子活活打死。只见春枝脸刷白，没一点血色，紧咬着嘴唇，两眼却像一对小火苗，闪闪冒光，叫蔡家哥仨不明白。

牛宝拿香头把立在手心的炮点着，一声响过，一对浓艳照眼的红绿双灯，腾空而起，他人也觉得随同升起，绚烂地呈现在幽蓝的晚空上。一个放过，窦哥就递上一个，一双双火弹连续不断打上天，美丽、响亮，又咄咄逼人。春枝抬头看，这双灯是她的过去——她最好的日子和最美的希望；而双灯一亮一灭，便是她坎坷多难的岁月经历，她入迷了。

突然，一声巨响，一个炮在牛宝手心爆炸，没往天上蹿，却往横处崩，手心登时裂开，血淌下来。窦哥急得忙把塞在牲口耳朵里的红布拉出来，要给牛宝缠手，一边叫着："牛宝哥，别再放了。人家春枝不会跟你的……"

牛宝抢过红布一扬，朝窦哥喊道："拿来，拿炮给俺！你不给俺就宰了你！"他瞪圆一对牛眼，像门神，很吓人。脑门上的青筋鼓起来嘣嘣直跳。

一个炮递过去，又炸了手心，眼瞅着皮开肉绽，手掌像托着一盘炒鱿鱼卷儿。窦哥忽想到万老爷子的话，一股子不祥感透入骨头，不觉心寒胆战，掉着眼泪哀求道：

"咱中了万老爷子的话了，再放下去没命了，求你快回家吧！"

牛宝不吭声，像是没听见。一个个炮立在血肉模糊的手掌上，点着药信子，有的飞上去，有的往横处乱炸，完全没有准，血点子滴了一片。蔡家哥仁和周围的人都看呆了。决死的人跟神仙差不多，叫人敬畏。那打上去的双灯，像是带着血，变成血灯。牛宝后牙咬得咯咯咯响，努力不叫托炮的胳膊打战，两眼死死盯着春枝。春枝坐在车上一动不动，但双手紧紧抓住盖在车上的红棉被，好像一松手，人就要掉下车来。

牛宝又点着一个"炮打双灯"，他万没想到这炮筒子里硫黄这么多，几乎是炸弹，猛烈一声巨响，火光闪着血光，牛宝倒在地上，春枝倒在车上。

一年后，还是腊月里，牛宝赶车往县城赶集，左手扬鞭，残断的右手缩在袄袖里。他拿不成笔，不能再画缸鱼了，改卖"杨家的炮打灯"，而且只卖"炮打双灯"。满满一车花炮盖着大红棉被，上头坐着一个鲜艳如花的女人，便是春枝。

但人们说到他俩，都暗暗摇头。窦哥无意间，把万老爷子应验了的预言泄露出来，大家更信春枝这女人是火、是灾、是祸，瞧！她还没进牛家门，就叫牛宝先废了一只手，而且是干活画画的手，这跟搭进去半条命差不多。牛宝听到这些闲话，憨笑不语，人间的苦乐唯有自知。

陌客

一

出差在外，住那种简陋蹩脚的低等小旅店，再碰上一位打呼噜如牛吼的同屋伙伴，便是最倒霉不过的了。

我偏偏碰上一位。一看他皮松肉肥、肚大腰圆的模样，便知一准是个打呼噜的老手。虽然我常常失眠，又常常出差住店，对各种怪腔调的呼噜声都耳闻过。但听到这位伙伴的呼噜，仍不免大为惊异！他每晚躺上床，几乎没有完全入睡，鼾声即起，很快就如雷贯耳了。而且要打上整整一夜，中间很少停歇，还能变换出各种花样！我最怕他一种呼噜，就是一声声愈紧愈响，到达高潮，忽然停歇，然后"噗"的一声，好像把含了满满一口水喷出来，跟着重新再来。因此他每一停顿时，我都要用被子捂住耳朵，怕听他那不知什么时候"噗"地一下。原来世界上不单有吵人的呼噜，还有吓人的呼噜。

偏偏不巧的是，我所办的事情碰上了棘手的环节，看来还要在这里住上半个月。如果照此下去，白天跑一天，夜里提心吊胆睡不着，可得累垮了。我真佩服同屋的另一伙伴——一个年轻人，爱说，爱热闹，事事好奇，喜欢打听盘问；他是打东北本溪市来的，为厂里搞一台真空镀铝机。这个世界更适合年轻人，他们的事好办得多，机器早就弄到手，但他并不急着回去，因为厂里很多同事托他代买的皮鞋、玩具、糖果、衣料还没购齐。他就整天上街去转，排队挨个，争买抢购，晚上回来讲讲白天碰到的趣闻，有说有笑，然后躺下就呼呼大睡，丝毫不觉得同屋那位呼噜大王对他有什么妨碍。

一个人总会由于自己的某种缺陷不足而羡慕别人。脸黑的羡慕脸白的；记性差的羡慕记性好的；牙齿糟烂的，羡慕别人的一口好牙；手笨的，羡慕人家心灵手巧；老年人羡慕青年人精力有余。我这个多年患有神经衰弱的人，自然对这个能玩能睡的东北小伙子羡慕万分。同时，也暗暗巴望这位呼噜大王尽快离去。我无可奈何，正要换一个旅店时，呼噜大王忽然收到家里打来的加急电报，催他回去。这真是谢天谢地了！

这人一走，屋里静得出奇，好像搬走了一个乐队。我对同屋的东北小伙子说："你晚上别出去了，咱早点睡觉吧！我得把这半个月缺的觉补回来。"说到这儿，我心里忽有所动，有些顾虑地说，

"但愿今晚咱屋空出这铺位，别再有人来睡了。"

晚饭后，天阴上来，又是风，又是雨。嘿！天助人愿，这种天气，这种时候，多半不会有人来住店了。我打了一盆热水烫脚，打算今晚舒舒服服睡一大觉。那东北小伙子正在床上整理他白天抢购来的乱七八糟的东西。忽然有人推门进来，用一种平稳的低音问我："这屋里是有个空床位吗？"

呀，来新客人了。我的运气真糟！

对于我来说，任何一个同屋的新伙伴，没有经过睡一觉的考验，便都是一个令人担心的未知数。

二

这是一位五十来岁的中年男人，个子不高，手提一个耷拉着背带的黑色人造革皮包。一件旧蓝布上衣的肩头，给雨水打湿。一顶普普通通的蓝便帽，帽檐低低压在眉毛上边；帽檐下是一张发暗而陌生的脸。在我这常出差的人的眼里，一望而知，这也是个整年在外边奔波办事的人，而且准是刚下火车就赶来住店了。

他倒不像爱打呼噜那种人——这并非自我安慰。瞧他，干瘦、利索、沉稳，不是躺在床上就虎啸猿啼那副架势。他进来后，脱下外衣搭在椅背上，就从提包里拿出水碗斟一杯热水，放在眼前的桌角上。也不和我们说话，只是打量一下我和那东北小伙子两眼，随后就掏出烟，坐在床头，左臂肘支在床架子上，一动不动地抽起烟来。不多时候，这人就像山顶上烟云缭绕的一块石头了。

这大概是那种孤僻、冷漠、落落寡合的人。如果他不打呼噜，有这么一个半哑的人做伴倒也省得说话应付，劳心费神。

可是，那个事事好奇、没话找话的东北小伙子好像有事做了，他把嘴巴对准这位新来的陌客开了腔：

"您是出差来的？"

"嗯。"那人头也没抬，只出一声。

"采购吗？"

"不，到商业部办点事。"

"什么时候来的？"

"今天。"

那人明显地是在应付问话。东北小伙子却偏偏听不出来，仍旧蛮有兴致地问：

"您什么时候走呢？"

"明天一早。"

"您是打哪儿来的？"

"唐山。"那人依旧没有抬头。

"哎——"东北小伙子好似更来了兴致，目光都发亮了，"唐山？地震时您在唐山吗？"

"在。"

"怎么样？厉害吧！听说八层的水泥大楼都塌成一摊，真的吗？"东北小伙子盘腿坐在床上。此刻他支棱着耳朵，把脑袋极力伸向唐山人，好像要钻进唐山人的嘴里去听。

唐山人对这话题却毫无兴趣，他依旧低着头，只是平静地回答一句：

"是真的。"

"呀！可真是呢！您给讲讲，还有什么特别的事吗？您当时怎么样，您家的房子也塌了吧？"东北小伙子真像遇到一种新奇的游戏。唐山人好像一块磁石，吸引他不停地挪动屁股，现在移到床尾这边来了。

唐山人始终低着头，默默地、一动不动地抽着烟，没有搭话。我便说：

"我家在天津。虽然震得远不如唐山厉害，但地震时我家的屋顶塌下来，屋里的东西一点没剩，粉粉碎碎。所幸的是人没伤着。"

唐山人听了，一直半低垂的脸总算抬起来，看了看我。这是一张满是皱痕、显得苍老的瘦瘦的脸。他目光十分沉静，镇定自若，听了我的遭遇也没有半点惊愕之情。大概由于他是在惊涛骇浪里过来的人，自然不把我这个海边的弄潮儿当作一回事。

东北小伙子却在一旁大叫：

"老冯，你也遇过这种险事吗？你说说，你家是什么样的房子？地震时你躲在哪儿了？你又不是神人，怎么房子塌了，就砸不着你……"

我没回答。我的注意力一直没离开对面这位沉默寡言的唐山人。我问他：

"你家里人都还好吧！"

这是经历过大地震，我才学会的对于共同患难的人所表示的一种含蓄的关切。

"嗯，还好吧！地震时，我失去了老母亲、爱人和一个女孩儿。现在还剩下一个男孩儿在家。"他回答。保持着出奇的平静，仿佛连目光也没颤动一下。真叫人难以想象——一个人失去这样几个连心的亲人，怎么还能够保持这般沉静和镇定？即令谈到别人这样的遭遇，也会不免带进感情呀！如果不是他个性过于冷漠无情，便是在那非同寻常的悲痛的打击下，有些变态了。

人家有这样的遭遇，我不便再说什么了。

旁边那东北小伙子，好像获得一件头号奇闻。他一个劲儿地刨根问底，死死追问唐山人惨烈的遭遇。活人的悲剧比舞台上的悲剧，更能满足一个人的好奇心。这唐山人的遭遇中会有多少揪扯人心的细节啊！于是他问起大地震的经过，这唐山人的母亲妻小怎样丧命，唐山人和儿子又是怎么幸免于横祸的。这唐山人终于被问得一点点开了口。当这人谈到实情，就不再是勉强应付，而是认认真真回答了。东北小伙子也听得十分认真，他一边听，一边吃惊得呀呀直叫，感叹得唏嘘有声，流露出同情。同情才是真正打开别人心扉的钥匙。特别是东北小伙子问到唐山人和死去的亲人们的感情时，唐山人竟然完全变成另一副样子。他的目光不再是沉静和镇定的了，而是感触万千，时而涌出一阵泪光，亮晶晶地包住眼球，时而这泪光又被他强忍下去，剩下一对干枯而空茫的眸子。他瘦瘦的嘴巴微微直抖，声音给激情冲击得颤抖不止。此时，他已经不再需要别人再问他什么，自管滔滔不绝说下去。

说得冲动时，一手抓起帽子扔在床上，露出一头花白稀疏的头发；手里的烟卷早灭了也不知道，还夹着一截烟蒂比比画画。

"……后来，我爱人和女儿的尸体找到了，和许多人合葬一起……我母亲的……却始终没有找到。我在废墟里只找到她老人家一根银分头针，作为纪念……"

他哽咽了，但他越过这感情的障碍继续说下去，就像涨满的湖水，突然决了堤，泛滥开来，恣情奔泻，任什么也阻挡不住了。

看他这样子，简直要大哭一场！

一个镇定自若的人，转眼变成这副样子，尤其使那东北小伙子莫解，他反倒想来阻止这人神经质发作般地发泄下去了，但他没办法。我便对这唐山人说：

"过去的事儿就过去吧，老兄！人的一生什么事都可能碰到的。但活着总要往前走，那就不能往身上背包袱，而要往下卸包袱，感情的包袱也是一样。再说，我很佩服你们唐山人，经受了有史以来罕见的大灾难，居然挺住了。能够这样坚忍顽强、充满信心地生活，的确了不起。人没有这股劲儿，哪行呢？"

没想到，我这几句话像一片镇静剂，立时使这唐山人不出声了。他怔了一会儿，忽然发现夹在指间的早已熄灭的烟蒂，便扔了，重新点上一支烟抽起来。他神情渐渐复归平静，一时颤动不已的目光渐渐又凝滞成原先那镇定自若的样子。好似风暴歇止后的树木，依旧是肃立不动的。

那东北小伙子也就不敢再发问了。

我这才发觉，自己一双脚仍旧浸在水盆里，热水早变凉了。

再一看表，禁不住说：

"哟，快十一点钟了，咱们睡吧！"

我去盥漱室倒掉盆里的水，用热手巾擦擦脚，又漱洗一番。回屋时，唐山人依旧坐在那里一动不动地抽着烟，那东北小伙子却已睡着了。

我脱衣上床，钻进被窝，便对唐山人说：

"老兄，睡吧，天不早了！"

"我再坐一会儿。你先睡吧！我给你闭灯。"他说着，伸手拉了灯绳。

灯灭了。一片漆黑，但在我对面四五尺远的地方，有个殷殷的红点儿，一亮一暗，一暗一亮，这是那唐山人在抽烟。我大概由于半个月来没睡好觉，今夜又没有那吓人的呼噜来威胁，神经放松，很快就进入梦幻。

三

半夜里，我似乎醒来一次，但并不完全清醒。只觉得面前那亮晶晶的红烟头，依旧静静地一明一暗。在睡意蒙眬中，我迷迷糊糊地想，怎么这唐山人还在抽烟？是不是睡前那东北小伙子的问话，勾起他的心事，一时睡不着了？但我来不及去想，困倦好像个巨大的迷魂罩儿，重新把我笼罩起来。

第二天醒来时，天已大亮。屋里好静，空气里有股烟味儿。我坐起身，却见那东北小伙子早已起身去了，大概又去逛商店吧！

再看左旁的床上，也是空空无人。被子叠得好好的，床单抻得平平整整，那包儿、外衣、杯子，都没有了。原来唐山人也已经离去了。

我一低头，一个景象如同画面一样跳入我的眼帘；在这唐山人睡过的床前，靠近床头的地上，竟有二三十个捏瘪了的烟头，一大片洒落的烟灰和废火柴棍儿。我心中不觉一惊，啊！他整整一夜没有睡觉呢！跟着我好像一切都明白了……

再看看这些烟头，我立即想起昨晚这位不知姓名的唐山人的每一句话。我心里立即泛起一阵深深的懊悔！我当时为什么不去阻止东北小伙子那些好奇的问话？为什么我也在一旁眼瞧着那小伙子揭开这唐山人好不容易才封闭起来的隐痛？不负责任地去触动别人心中的隐痛，是多么不道德的啊！懊悔过后，留下的是内疚。烟头是最常见的东西了，却从来没有像这些烟头，如此沉重又长久地留在我心中。至今我几乎一闭眼，就能清晰地记起那些烟头，和那位陌生的唐山人……这是多么糟糕又无法挽回的一件事呀！

老夫老妻

"为我们唱一支暮年的歌儿吧！"

他俩又吵架了。年近七十的老夫老妻，相依为命地共同生活了四十多年，也吵吵打打地一起度过了四十多年。一辈子里，大大小小的架，谁也记不得打了多少次。但是不管打得如何热闹，最多不过两个小时就能恢复和好，好得像从没吵过架一样。他俩仿佛两杯水倒在一起，怎么也分不开。吵架就像在这水面上划道儿，无论划得多深，转眼连条痕迹也不会留下。

可是今天的架打得空前厉害，起因却很平常——就像大多数夫妻日常吵架那样，往往是从不值一提的小事上开始的——不过是老婆儿把晚饭烧好了，老头儿还趴在桌上通烟嘴，弄得纸块呀，碎布条呀，粘着烟油子的纸捻子呀，满桌子都是。老婆儿催他收拾桌子，老头儿偏偏不肯动儿。老婆儿便像一般老太太们那样叨叨起来。老婆儿们的唠唠叨叨是通向老头儿们肝脏里的导火线，不会儿就把老头儿的肝火引着了。两人互相顶嘴，翻起对方多年来一系列过失的老账，话愈说愈狠。老婆儿气得上来一把夺去烟嘴塞在自己的衣兜里，惹得老头儿一怒之下，把烟盒扔在地上，还嫌不解气，手一撩，又将烟灰缸子打落地上。老婆儿则更不肯罢休，用那嘶哑、干巴巴的声音说：

"你摔呀！把茶壶也摔了才算有本事呢！"

老头儿听了，竟像海豚那样从座椅上直蹿起来，还真的抓起桌上沏满热茶的大瓷壶，用力"叭"地摔在地上，老婆儿吓得一声尖叫，看着满地碎瓷片和溅在四处的水渍，直气得她那年老而松垂下来的两颊的肉猛烈抖颤起来，冲着老头大叫：

"离婚！马上离婚！"

这是他俩还都年轻时，每次吵架吵到高潮，她必喊出来的一句话。这句话头几次曾把对方的火气压下去，后来由于总不兑现便失效了；但她还是这么喊，不知是一时为了表示自己盛怒已极，还是迷信这句话最具有威胁性。六十岁以后她就不知不觉地不再喊这句话了。今天又喊出来，可见她已到了怒不可遏的地步。

同样的怒火也在老头儿的心里撞着，就像被斗牛士手中的红布刺激得发狂的牛，在看池里胡闯乱撞。只见他嘴里一边像火车喷气那样不断发出嘻嘻的声音，一边急速而无目的地在屋子中间转着圈。转了两圈，站住，转过身又反方向地转了两圈，然后冲到门口，猛拉开门跑出去，还使劲"叭"的一声带上门。好似从此一去就再不回来。

老婆儿火气未消，站在原处，面对空空的屋子，还在不住地出声骂他。骂了一阵子，她累了，歪在床上，一种伤心和委屈爬上心头。她想，要不是自己年轻时候得了肠结核那场病，她会有孩子的。有了孩子，她可以同孩子住去，何必跟这愈老愈执拗、愈急躁、愈混账的老东西生气？可是现在只得整天和他在一起，待见他，给他做饭，连饭碗、茶水、烟缸都要送到他跟前，还得看着他对自己耍脾气……她想得心里酸不溜丢，几滴老泪从布满一圈细皱的眼眶里溢出来。

过了很长时间，墙上的挂钟当当响起来，已经八点钟了。他们这场架正好打过了两小时。不知为什么，他们每次打架过后两小时，心情就非常准时地发生变化，好像大自然的节气一进"七九"，封冻河面的冰片就要化开那样。刚刚掀起大波大澜的心情渐渐平息下来，变成浅浅的水纹一般。她耳边又响起刚才打架时自己朝老头儿喊的话："离婚！马上离婚！"她忽然觉得这话又荒唐又可笑。哪有快七十的老夫老妻还打离婚的？她不禁"扑哧"一下笑出声来。这一笑，她心里一点皱褶也没了；连一点点怒意、埋怨和委屈的心情也都没了。她开始感到屋里空荡荡的，还有一种如同激战过后的战地那样出奇的安静，静得叫人别扭、空虚、没着没落的。于是，悔意便悄悄浸进她的心中。她想，两人一辈子什么危险急难的事都经受过来了，像刚才那么点儿小事还值得吵闹吗？——她每次吵过架冷静下来时都要想到这句话。可是……老头儿总该回来了；他们以前吵架，他也跑出去过，但总是一个小时左右就悄悄回来了。但现在已经两个小时仍没回来。他又没吃晚饭，会跑到哪儿去呢？外边正下大雪，老头儿没戴帽子、没围围巾就跑了，外边地又滑，瞧他临出门时气冲冲的样子，别不留神滑倒摔坏吧？想到这儿，她竟在屋里待不住了，用手背揉揉泪水干后皱巴巴的眼皮，起身穿上外衣，从门后的挂衣钩儿上摘下老头儿的围巾、棉帽，走出房子去了。

雪下得正紧，积雪没过脚面。她左右看看，便向东边走去。因为每天早上他俩散步就先向东走，绕一圈儿，再从西边慢慢走回家。

夜色并不太暗，雪是夜的对比色，好像有人用一支大笔蘸足了白颜色把所有树枝都复勾一遍，使婆婆的树影在夜幕上白绒绒、远远近近、重重叠叠地显现出来。雪还使路面变厚了，变软了，变美了；在路灯的辉映下，繁密的大片大片的雪花纷纷而落，晶晶莹莹地闪着光，悄无声息地加浓它对世间万物的渲染。它还有种潮湿而又清冽的气息，有种踏上去清晰悦耳的咯吱咯吱声；特别是当湿雪蹭过脸颊时，别有一种又痒、又凉、又舒服的感觉。于是这普普通通、早已看惯了的世界，顷刻变得雄浑、静穆、高洁，充满活鲜鲜的生气了。

她一看这雪景，突然想到她和老头儿的一件遥远的往事。

五十年前，她和他都是不到二十岁的欢蹦乱跳的青年，在同一个大学读书。老头儿那时可是个有魅力、精力又充沛的小伙子，喜欢打排球、唱歌、演戏，在学生中属于"新派"，思想很激进。

她不知是因为喜欢他、接近他，自己的思想也变得激进起来，还是由于他俩的思想常常发生共鸣才接近他、喜欢他的。他们在一个学生剧团。她的舞跳得十分出众。每次排戏回家晚些，他都顺路送她回家。他俩一向说得来，渐渐却感到在大庭广众中间有说有笑，在两人回家的路上反而没话可说了。两人默默地走，路显得分外长，只有脚步声，那是一种甜蜜的尴尬呀！

她记得那天也是下着大雪，两人踩着雪走，也是晚上八点来钟，她从多少天对他的种种感觉中，已经又担心又期待地预感到他这天要表示些什么了。在沿着河边的那段宁静的路上，他突然仿佛抑制不住地把她拉到怀里去。她猛地推开他，气得大把大把抓起地上的雪朝他扔去。他呢？竟然像傻子一样一动不动，任她用雪打在身上，直打得他浑身上下像一个雪人。她打着打着，忽然停住了，呆呆看了他片刻，忽然扑向他身上。她感到，他有种火烫般的激情透过身上厚厚的雪传到她身上。他们的恋爱就这样开始了。——从一场奇特的战斗开始的。

多少年来，这桩事就像一张画儿那样，分外清楚而又分外美丽地收存在她心底。每逢下雪天，她就不免想起这桩醉心的往事。年轻时，她几乎一见到雪就想到这事；中年之后，她只是偶然想到，并对他提起，他听了都要会意地一笑，随即两人都沉默片刻，好像都在重温旧梦。自从他们步入风烛残年，即使下雪天气也很少再想起这桩事。是不是一生中经历的事太多了，积累起来就过于沉重，把这桩事压在底下拿不出来了？但为什么今天它却一下子又跑到眼前，分外新鲜而又有力地来撞她的心……

现在她老了，与那个时代相隔半个世纪了。时光虽然依旧带着他们往前走，却也把他们的精力消耗得快要枯竭了。她那一双曾经蹦蹦跳跳、多么有劲的腿，如今僵硬而无力；常年的风湿病使她的膝头总往前屈着，雨雪天气里就隐隐发疼；此刻在雪地里，每一步踩下去都是颤巍巍的，每一步抬起来都费力难拔。一不小心，她滑倒了，多亏地上是又厚又软的雪。她把手插进雪里，撑住地面，艰难地爬起来，就在这一瞬间，她又想起另一桩往事——

啊！那时他俩刚刚结婚，一天晚上去平安影院看卓别林的《摩登时代》。他们走进影院时，天空阴沉沉的。散场出来时一片皆白，雪还下着。那时他们正陶醉在新婚的快乐里，内心的幸福使他们把贫穷的日子过得充满诗意。瞧那风里飞舞的雪花，也好像在给他们助兴；满地的白雪如同他们的心境那样纯净明快。他们走着走着，又说又笑，跟着高兴地跑起来。但她脚下一滑，跌在雪地里。他跑过来伸给她一只手，要拉她起来。她却一打他的手：

"去，谁要你来拉！"

她的性格和他一样，有股倔劲儿。

她一跃就站了起来。那时是多么轻快啊，像小鹿一般，而现在她又是多么艰难呀，像衰弱的老马一般。她多么希望身边有一只手，希望老头儿在她身边！虽然老头儿也老而无力了，一只手拉不动她，要用一双手才能把她拉起来。那也好！总比孤孤单单一个人好。她想到楼上邻居李老头，"文化大革命"初期老伴死了。尽管有个女儿，婚后还同他住在一起，但平时女儿、女婿都上班，家里只剩李老头一人；星期天女儿、女婿带着孩子出去玩，家里依旧剩李老头一人。——年轻人和老年人总是有距离的。年轻人应该和年轻人在一起玩，老人得有老人为伴。

真幸运呢！她这么老，还有个老伴。四十多年如同形影，紧紧相随。尽管老头儿爱急躁，又固执，不大讲卫生，心也不细等等，却不失为一个正派人，一辈子没做过一件亏心的、损人利己的、不光彩的事，也没丢弃过自己奉行的做人的原则。他迷恋自己的电气传动专业，不大顾及家里的事。如今年老退休，还不时跑到原先那研究所去问问、看看、说说，好像那里有什么事与他永远也无法了结。她还喜欢老头儿的性格，真正的男子气派，一副直肠子，不懂得与人记仇记恨；粗心不是缺陷，粗线条才使他更富有男子气……她愈想，老头儿似乎就愈可爱了。两小时前能够一样样指出来、几乎无法忍受的老头儿的可恨之处，也不知都跑到哪儿去了。此刻她只担心老头儿雪夜外出，会遇到什么事情。她找不着老头儿，这担心就渐渐加重。如果她的生活里真丢了老头儿，会变成什么样子？多少年来，尽管老头儿夜里如雷一般的鼾声常常把她吵醒，但只要老头儿出差外地，身边没有鼾声，她反而睡不着觉，仿佛世界空了一大半……想到这里，她就有一种马上把老头儿找到身边的急渴的心情。

她在雪地里走了一个多小时，大概快有十点钟了，街上没什么人了，老头儿仍不见，雪却稀稀落落下小了。她两脚在雪里冻得生疼，膝头更疼，步子都迈不动了，只有先回去了，看看老头儿是否已经回家了。

她往家里走。快到家时，她远远看见自己家的灯亮着，灯光射出，有两块橘黄色窗形的光投落在屋外的雪地上。她心里怦地一跳：

"是不是老头儿回来了？"

她又想，是她刚才临出家门时慌慌张张忘记关灯了，还是老头儿回家后打开的灯？

走到家门口，她发现有一串清晰的脚印从西边而来，一直拐向她楼前的台阶。这是老头儿的吧？跟着她又疑惑这是楼上邻居的脚印。

她走到这脚印前弯下腰仔细地看，这脚印不大不小，留在踏得深深的雪窝里。她却怎么也辨认不出是否老头儿的脚印。

"天呀！"她想，"我真糊涂，跟他生活一辈子，怎么连他的脚印都认不出来呢？"

她摇摇头，走上台阶打开楼门。当将要推开屋门时，心里默默地念叨着："愿我的老头儿就在屋里！"这心情只有在他们五十年前约会时才有过。初春时曾经撩拨人心的劲儿，深秋里竟又感受到了。

屋门推开了，啊！老头儿正坐在桌前抽烟。地上的瓷片都扫净了。炉火显然给老头儿捅过，呼呼烧得正旺。顿时有股甜美而温暖的气息，把她冻得发僵的身子一下子紧紧地攫住。她还看见，桌上放着两杯茶，一杯放在老头儿跟前，一杯放在桌子另一边，自然是斟给她的……老头儿见她进来，抬起眼看她一下，跟着又温顺地垂下眼皮。在这眼皮一抬一垂之间，闪出一种羞涩的、发窘、歉意的目光。每次他俩闹过一场之后，老头儿眼里都会流露出这目光。在夫妻之间，打过架又言归于好，来得分外快活的时刻里，这目光给她一种说不出的安慰。

　　她站着，好像忽然想到什么，伸手从衣兜里摸出刚才夺走的烟嘴，走过去，放在老头儿跟前。一时她鼻子一酸，想掉泪，但她给自己的倔劲儿抑制住了。什么话也没说，赶紧去给空着肚子的老头儿热菜热饭，还煎上两个鸡蛋……

楼顶上的歌手——

——一个在极度压抑下浪漫的故事

一

那天早晨，忽有一块极亮的、颤动着的光像发狂的精灵，在我房间里跑来跑去。当这光从我眼前掠过，竟照得我睁不开眼。我发现这块诡奇的光是从后窗外射进来的，推窗一看，原来隔着后胡同，对面屋顶上那间小阁楼正在安装窗子的玻璃。

我也住在阁楼上。不同的是，我的阁楼是顶层上的两间低矮的亭子间；对面的阁楼是立在楼顶之上孤零零、和谁都没关系的一间尖顶小屋。远远看，很像放哨用的岗楼。它看上去很小，而且从来没人居住。它为什么盖在楼顶上，当初是干什么用的，无人能说。这片房子是二十世纪二十年代英国人"推广租界"时盖的。只记得后胡同里曾经有人养过鸽子，有许多白的、黑的、灰的鸽子便聚到这荒废的屋子里，飞进飞出，鸽子们拿这小空屋当作乐园。现在有人住了吗？是谁搬进来了？

隔了十来天，黄昏时分，忽然一阵歌声如风一样吹进我的后窗。后胡同从来没有歌声，只有矿石收音机劣质的纸喇叭播放着清一色的语录歌和样板戏。那种充满霸气的吼叫和强加意味的曲调被我本能地排斥着。于是此刻，这天籁般的歌声自然就轻易地推开我的心扉了。

没等我去张望是谁唱歌，妻子便说："是那小阁楼新来的人。"

女人对声音总是比男人敏感。

我们隔着窗望去，对面阁楼的地势略高一些，相距又远，无法看到那屋里唱歌的人。这是一个男性的歌声，音调浑厚又深切，虽然声音并不大，但极有穿透力，似乎很轻易地就到了我耳边。这时金红色的夕照正映在那散发着歌声的小屋，神奇般地闪闪烁烁。我分不出这是夕阳还是歌声在发光。

我第一次感受到声音是发光的，有颜色的。

这个人是谁呢？一个职业的歌手吗？他是谁？只一个人吗？从哪搬来的？他也像我们——被轰到这贫民窟似的楼群里来的？对于楼顶上这间废弃已久的小破屋，似乎只有被放逐者才会被送到这里。

我相信我的判断。因为我的判断来自他的歌声。一些天过去，我听得出他的歌声如同盛夏的天气时阴时晴。这声音里的阴晴是歌者心中的晦明。我还听得出，他的歌声里透出一种很深的郁闷与无奈。他的歌为什么从来不唱歌词？在那个"革命歌曲"之外一切都被禁唱的时代，他一定是怕这些歌词会给自己找麻烦吧。从中，我已经感知到他属于那个时代的受难者。

也许我和他是社会的同类。也许他随口哼唱出来的歌——那些名歌、情歌、民歌我太熟悉，也太久违了。我为自己庆幸。好像在沙漠的暴晒和难耐之中，忽然天上飘来一块厚厚的雨云，把我遮盖住，时不时还用一些凉滋滋的雨滴浇洒我的心灵。

我这边楼群的后胡同，其实也是他那边楼群的后胡同。后胡同自来人就很少。从我的后窗凭栏俯望，这胡同又窄又细又长又深，好像深不见底的一条峡谷。阳光从来照不进去，雨点或雪花常常落下去，但落下去一半就看不见了；下一半总是黑乎乎的，阴冷潮湿，冒着老箱子底儿那种气味。对面的楼群似乎更老。一色的红砖墙上原先那种亮光光刚性的表层都已经风化、粉化、剥落，大片大片泛着白得刺目的碱花。排水的铅管久已失修，大半烂掉，只有零碎的残管东一段西一段地挂在墙角。一颗凭着风吹而飘来的椿树籽在女儿墙边扎下根，至少活了二十年，树干已有擀面杖粗。它们很像生长在悬崖石壁的树，畸形般地短小，却顽强又苍劲。这些老楼里的人拥挤得不可思议，每间屋子里差不多都住着一家老少三代甚至四代，各种生活的弃物只能堆在屋外。不论是胡同下边的小院，上上下下的楼梯，还是阳台上。到处堆着破缸、碎砖、废炉子、自行车架以及烂油毡。最奇特的景象还是在屋顶上，长长短短的竹竿拉着家家户户收音机细细的天线，好像一张巨大的蜘蛛网笼罩着整片的楼群。然而，这种破败、粗粝而艰辛的风景现在并不那么难看了。因为它和神灵般的歌声融在了一起。

二

一切艺术中，最神奇最伟大的莫过于音乐，莫过于歌。它无形无影，无可触摸，飘忽不定，甚至不如空气——挥挥手掌就能感到。但它却能够以其独有的气质与情感，改变它所充盈的空间里的一切。它轻盈我们轻盈，它沉重我们沉重，它恬淡我们恬淡，它激情鼓荡我们便热血偾张。一个地方只要有音乐，连那里的玻璃杯看上去也有感觉。这些被艺术家神化的声音，能够一下子直接进入我们的心，并轻而易举地把我们带进它的世界，心甘情愿地接受它美的主宰。

那时代，我活得可够劲。整个社会都疯了，我所供职的画院里的人们忽然都视艺术为粪土，都迷上了军装穿上军装，都把眼睛睁得奇大，好像处处藏着"敌人"。对于我，离开了艺术的生活空洞无物，更何况整个生活充斥着那种与艺术相悖的东西。你躲不开它，又绝对不能拒绝它，还要装作顺从它——甚至热爱它。

不管为了什么，违心地活着都很累。

当我带着一天的倦乏回家，拉下肩上的挎包——此时已无力把挎包放在柜子或椅子上，而是随手往地上一扔，一转身仰面朝天倒在床上，心中期待的是对面楼顶上的歌声飘过来。

尽管他的歌是苦味的，有时很苦，很苍凉，但很动情；他的歌声还有一种很特别的磁性美，使我的心一直走进他的歌声里，一天里积存在浑身骨节和肌缝里的疲惫，便不知不觉烟一般地消散了。不仅如此，他的歌还常常会给我端起的水酒里添上一点滋味，感染得我和家人亲热时多一些爱意与缠绵。最令我惊奇的是，他的歌还像精灵一样钻进我的笔管里。白天在单位不能画画，下班在家便会铺开纸，以笔墨释怀。这时我发现我的笔触与水墨居然明显地多了些苦味，很像他歌里的那种味道。歌声能够改变画意吗？当然不是，其实这种苦味原本也潜在我的心底，只不过被他的歌声唤醒罢了。为此，我非但没有去抵制他对我的影响，反而喜欢在他的歌声中作画。

一天，我被他低沉而阴郁的歌声感动，一种久违的冲动使我急急渴渴在桌案上展纸提笔，以充沛的水墨抹上大片厚厚的阴霾。然而，他浓重的低音并不绝望，时而透出一种祈望，于是我笔下的阴云在相互交错中不觉地透出一块块天光。我情不自禁，还在云隙之间，用极淡的花青点上薄薄的蓝色。这是晴空的颜色。但它又高又远，可望而不可即。这是无限的希冀之所在，一块极其狭小的安放遐想之地，却又朦朦胧胧，远如幻梦。

后来，他的声音转而变得强劲。那种金属般磁性的音质渐渐有力地透露出来。这一瞬，我看见在画面的云天上，飞着几只乌黑的大雁，它们引颈挥翅，逆风而行，吃力地扇动着翅膀。我在画这些顶风挥舞的雁翅时，好像自己的臂膀也在用力，甚至听到这些大雁与强风较劲时肩骨发出的咯吱咯吱声。我忽然想，这苦苦挣扎却执意前行的大雁所表现的不正是一切生命本质中的顽强？

我忽然彻悟到，人的力量主要还是要在自己的身上寻找。别人给你的力量不能持久，从自己身上找到的力量，再贯注到自己身上，才会受用终身。

也许为此，这样题材的画我不止一次地画过。奇妙的是，每次画这些逆风的大雁耳边都会幻觉般地出现那天听到的歌声来。

我个人生活的一段时光是和他的歌声在一起的。

我很幸运。因为那是我生命中极度贫乏的一段日子。

和歌声在一起是奇妙的。它与我似伴相随。

它进入我的生活时，是随意的，自由的，不知不觉的；它走出我的空间时，也随意而自由，像烟一般地飘去。它从不打扰我。他的歌很少完整地从头到尾，似乎随心所欲，想唱就唱。有时一段歌反复地唱，有时只唱一两句就再没声音。他是绝对自我的，完全不管也不知道我的存在。这反而使我很自由，完全不必"应酬"他。人和音乐所进行的是两个心灵奇妙的"对话"。当心灵互不投机时，人与音乐彼此无关；当两个心灵互相碰撞一起，便一下子相拥一起了。我和这歌手也如此，有时他的歌与我的心情不一致——我就不去用心倾听它。我与人聊天说话或者独自沉思时，它仅仅是一种远远的背景。就像身后的一幅画。

白天里很少听到他的歌，大多是他下班归来，所以他的歌总是和黄昏的夕照同时进入我的后窗。

由于他不唱歌词，歌中内容多是代以"呵、噢、啦、哎、呜"，类似歌手练习发声，但他在这字音里注入很多情感。这种无歌词的哼唱听起来就更像是音乐。有时他还会唱一些著名的钢琴曲或交响曲的旋律。这些旋律一直刻在我心里。他一唱，我就觉得旧友旧情亲切地回来了。

虽然他的歌不是为我唱的，却不时会与我共鸣。有时我像站在山这边听他在那边"自言自语"，有时却一下子落入他歌的深谷里。这些歌于我，常常勾引回忆，唤起向往，抚慰心灵，诱发爱意。它能使我暂时忘掉身边的苦恼，但当我离开这些歌，回到现实中，我会感到更苦恼更茫然。

渐渐地他的歌已成为我生活的一部分。

如果一天、两天听不见他的歌。我会想他，猜他，为他担心。但是他人长得什么样？我看不清楚。他大多时间待在屋，偶尔会到屋外——也就是对面楼群的房顶上站一站。或在晾衣绳上晾晒洗过的衣物。我最多只能知道，他中等略高的身材，瘦健，头发似乎较长。眉眼就绝对看不清了。除此之外，我对他一无所知。

但我知道他的心，他的气质与情绪。这全来自他的歌。

歌声就是歌手本人。因为歌是歌手外化的灵魂。由此说，我已经和他神交了。

一天，天降急雨。因为是北风，我怕雨水溧进屋，关上后窗。

忽然一阵歌声混在雨声里，这支歌一听就立即感动了我。它很伤感、无奈，还有些求助的意味。它穿过密密的雨一直来到我后窗前，粘在我的玻璃上。风儿一个劲儿地吹我的窗，好像有人在外边哐哐地推。不知道为什么，我打开窗放它进来。一瞬间，我感觉这歌声仿佛是淋着雨进来的，好像一位顶着雨来串门的老朋友。

三

忽然一天，妻子站在后窗边，手指着楼对面叫我去看。她发现，歌手那边的窗边有个新的人影。鲜黄的衣色，黑色长发，显然是一个女人。这人是歌手的妻子吗？新交的女朋友吗？一年多来，那阁楼上只有歌手孤单一人，从没见过任何别的身影。

他一直很孤独，这是他的歌告诉我的。

但从那天起，我听得出他的歌发生了变化。歌声里边多了些新鲜的东西。有更多的光线与色彩，还有明媚的花朵，柔和的风，慢慢行走在天上的洁白无瑕的云，静谧的月色与奔涌的激流……而这些美好的事物好像实实在在就在眼前。

我妻子说："他在恋爱了。"她微笑着。

我望着妻子含辛的脸庞上柔和的目光。忽然感受到我们的生活和我们自己。脑袋里冒出一幅画来：大风大雪中，幽暗的密林深处一双小鸟相互紧靠在一起。我马上把心中这个画面画下来，即兴还写了四句诗：

北山有双鸟，

老林风雪时，

日日长依依，

天寒竟不知。

妻子看罢，对我打趣地说："你现在还在恋爱吗？"

我望她一眼。她依然是那种天生而不变的柔和的目光，脸上茹苦含辛的意味却一扫而空。

这之后歌手的歌愈来愈明亮，声音也明显高昂起来。一天黄昏，他居然唱起那支古巴民歌《鸽子》，而且连歌词也唱出来。歌声与夕阳一同把我们后窗遮阳的窗帘照得雪亮，歌中最高亢的含着那种金属质感的磁性的声音混在一束强烈的阳光里，穿过窗帘上一个破洞，雪亮地直射进来。这使我们很激动。

突然后胡同一个男人粗声一吼："谁唱的？派出所来人了！"

歌手和歌好像被轧刀"咔嚓"切断，整个世界没声音了。严酷的现实回到眼前。

我想，那个叫喊的男人，多半嫌歌声太大，打扰了他。但这一吼过后，歌声戛然而止，立即消失，整个世界因突然无声而显得分外的空洞与绝情。

我真的担心歌声由此断绝。但一周之后，对面楼顶上的歌声渐渐出现。开始只是断断续续，小心翼翼，浅尝辄止，居然还夹着一点语录歌的片段。随后，他又像以前那样唱歌——没有歌词；

没有歌词就安全，因为住在后胡同里那些人没人懂得他唱的是什么。而由此他的音量始终控制得比较轻。令我奇怪的是，他的歌中那些光线与色彩却变得含糊了，内涵犹疑了，甚至还有些缭乱不安。他要向我诉说什么呢？

四

一个月后，歌手的歌无缘无故地中断。是由于那次唱《鸽子》被人告发，还是出了什么事或是病倒了？

我总在猜。

妻子说："要不你到那楼上瞧瞧去。他一个人，如果真的病倒了呢？"

没想到，我们已经把这个不曾认识，甚至连长相都不知道的人，当作朋友一样关切了。

若要进入他那片楼群，先要走出我这片楼，绕到后边一条窄街上，寻一个楼口进去。

他这楼群是十几排楼房组成的。他在哪一排？我事先观察了地形，估摸好他那楼的位置和距离，但真的走进这片老得掉牙的楼群里，马上转向，纵横迂回了半天，还是扎进了一条死胡同。又费了很大劲，总算找到他这排楼。可是一排楼有许多门，哪个门通向楼顶上歌手那个阁楼。我看见一位矮胖的大娘站在楼前，上前询问。

矮胖大娘显然是街道代表一类人物。叫她大娘时，她一脸肉松松地微笑。待一打听那歌手，她腮帮的肉立即紧绷，小眼睛警惕地直视着我，好像发现了"敌情"。总算我还机灵，扯谎说我是东方红电机厂毛泽东思想宣传队的，想找那人去唱革命歌曲，尽管她将信将疑，还是告诉我应该走哪个门。

这种年深日久的老楼的楼梯，差不多都只剩下一半宽窄的走道，其余地方堆满破烂，全都蒙着厚厚的尘土；楼梯的窗子早都没有玻璃，有的连窗框也没有，不知哪年叫一场大风扯去的；墙壁上的灰皮大块大块地剥落下来，露出砖块；顶子给烟熏得黑乎乎，横七竖八地扯着电线。做饭时分，家家门口的煤球炉子都用拔火罐，辣眼的浓烟贯满楼梯上下。

我从中穿过，直攀楼顶，一扇小门从乳白色的煤烟中透出来。我屈指敲了敲门，里边没声音，手指再用点劲，门儿径自开了，没有上锁，看看门框，也没有锁。

眼前的景象使我惊呆。说老实话，我从没见过如此一贫如洗的房间。七八平方米小屋，家徒四壁。墙上除去几个大小不同、锈红的钉子，什么也没有。用码起的砖块架着的几条木板就是他的床。一个旧书架，上面放着竹壳暖瓶、饭盒、碗盆、梳子、旧鞋、药瓶；只有几本书，都没封皮，我却看得出其中半本旧书是屠格涅夫的《猎人笔记》，因为书中有些写得极美的段落我能背诵。小屋里既无柜子，也没桌椅。墙角放着两个装香烟的纸箱子，大概是放衣服的。我着意看一眼果然是，一只装干净衣服的，一只盛脏衣服的。

我真不解，就这样几乎一无所有的地方，一年多来，竟给了我们那么丰盈、深切、充满美感的抚慰和补偿！

其实，这才正是艺术的神奇与伟大。不管物质怎样贫乏内心怎样压抑，它都能创造出无比丰富的精神和高贵的美来。

我从他的窗子向外张望，对面正是我住的楼房，再往下看，是我的阁楼。换一个位置看自己的家的感觉挺有趣，就像站在镜子前瞧自己。此时，我妻子好像正在窗子里抬头望我。她很想知道我看到了什么吧。我向她打手势，太远，她肯定看不清。我想告诉她，我看到的远远比我想看到的多得多。

十天后，外边忽然又传来他的歌声，他重新"出现"了。我和妻子在惊喜之时，不约而同地屏住呼吸，从他的歌声里询问他的一切。

这次的歌，婉转低回，郁闷惆怅，宛如晚秋的风景一片凋零。所有树木光秃秃的枝条都无力地低垂着，枝梢俯在地上，并浸在凹处冰冷的积水里。不用再去分辨，我坚信这是失恋者的哀伤。从这歌声里知道，他没有患病，却看到十多天来他身上发生了什么。他的歌最多只是几句，断断续续，似乎每次唱，都是难耐的痛苦的一种释放。失恋中的苦与爱是同步的。从中我听得出昨日的爱在他生命中的位置。

她为什么离开他？不知道。歌声里只有情感没有叙事。

这天傍晚，我的一位画友在我家吃饭。我这位朋友住在老西开那座天主教堂的高墙后边。他最初画水墨，近些年改画油画，画得很抽象。他画中怪异而冷峻的变形源于心中的变态，他笔下那些畸形的形态彰显着内心的扭曲。

我问他："你不怕这种画会给你找麻烦？"

他说："那些人不像你，他们不懂画。我会对他们说，我的画还没画完，或者说我刚学画，还画不像。"

我笑道："这是绘画的好处。作家不行。作家都是白纸黑字。弄不好一句话就招来大祸。"

妻子在餐桌摆上炒鸡蛋、炸花生、拌黄瓜、猪肉丸子汤，还有一瓶刚从凉水盆里拿出来的啤酒，这便是那时代上好的家宴了。酒到半醺时，后窗外传来那歌手很轻的哼唱。我的画友问我：

"这是谁在唱？"

我便讲了对面楼顶上的那位歌手。从一年多前他搬到对面那阁楼上，一直讲到这些天发生的事。还讲到他的歌和我的感受，以及我对他的造访和他的热恋与失恋。我的画友问我："直到今天，你也不知道他的模样吗？"

"从未见过。长什么样根本不知道，姓氏名谁更无从得知。"我说。

我的画友笑道："有意思。可你却是他的知音。不，应该说你是他这世上唯一的知音。哎，他知道你吗？"

"不！"我说，"他可能根本不知道我的存在。"

我的画友忽然停住不再说话，手中的筷子也停下来，这因为歌手那边又轻轻唱起来。我的画友听得用心，仿佛也有些投入了。他忽发感慨地说道：

"原来失恋不单苦，也这么美。"

我说："在艺术中，痛苦的东西愈美就愈深切。"

五

我对大地震的亲身体验是，第一下并非左右剧烈摇摆，而是突然向上猛地一弹，所有东西和人都往上猛地一蹦。我妻子对大地震体验是门框下边才最安全。她当时摔倒在门框下边，地震时屋里屋外砖瓦落如急雨，但凭仗着门框的保护她居然没受到一点伤。

这次全世界都知道的大地震总共摆了四十秒。我楼下的邻居后来说，他们听到我从始至终一直在拼命叫喊，我说我不知道。据说这种喊叫是人的一种本能的反应，是在释放心中的恐怖，自己并不知道。但在那地动山摇时，我却听到两声来自后胡同的高声的呼叫。我太熟悉歌手这种带着磁性的声音了，但我怎么也不会想到这是我听到的他最后的声音。

大地震的第二天，我爬上自家的破楼，在坍塌的废墟——成堆的瓦砾里，寻找可用和急用的衣物。地震中，我的屋顶没了，一切全暴露在光天化日之下；房间靠后胡同那面大墙，带着后窗户一起落下去。现在对面的楼群一目了然。我像站在一座山顶，看另一片山，感觉极是奇异。这片上了年纪的老楼早已松松垮垮，再给大地一摇，全像狼牙狗啃过了一样。突然，一个景象闯进我的眼中，令我愕然。对面屋顶那歌手的小屋消失了，成了一堆砖头瓦块，远远看，像一个坟冢。

他呢？被砸了还是侥幸逃生了？

两年后，我的小阁楼修复了，只是把原先厚重的瓦顶改成简易的木顶。但对面歌手那小屋却一直没有重建。待他那堆震垮的瓦砾清除干净后，整片楼顶重新铺过油毡，黑黑的，一马平川，反射着刺目的光，看上去很异样。望着对面这空荡荡的屋顶常常牵动我的是那歌手的下落，他是否还在人间。

我又到他那片楼里去一趟。此时"文革"已然结束，再去打听那位歌手不必提心吊胆。奇怪的是，那楼里的邻居竟连他叫什么也说不清楚。只知道他地震中受了伤，被人抬走了。但他被谁抬走的，抬到哪去了，没人知道。

那时代，人对人知道的这么少。

六

三年后一天晚上，我到不远的"三角地"那边的地震棚去看一个朋友，聊天聊得太长，回来已经挺晚。街上很黑，也很静。秋叶清新的气息呼吸起来很舒畅。走着走着，后边传来一阵歌声，像风一般吹到我的背上。我立即被热烘烘地感动起来。这歌是那时候传唱最广的《祝酒歌》。欢悦里边含着很深的苦涩和伤感，这是那个时代特有的情感。然而我不只是为这支歌而感动。更让我惊喜的发觉——哎呀，不正是那失踪已久又期待已久的歌手的声音吗？真的会是他吗？

我扭过头，只见唱歌那人骑着车，从街心远处一路而来，歌声随之愈来愈近。

可是在这短暂的时间里，我又不能立即确定这就是那歌手的声音。因为我听过他的歌是没有歌词的，现在却唱着歌词。这声音听起来就有点似是而非了。就在犹疑之间，唱歌的人骑车从我身边擦肩而过。这一瞬，我看清楚了他，一个中年男人，头发向后飘着，瘦削的脸上线条清晰，眉毛很深，他唱得很动情，神情完全投入到歌里边去了。可是我从来没见过他呀。反倒是愈看清楚他，愈不能断定了。跟着他已经跑到我前面十几米远，马上就要走掉，我心一急，一举手，待要招呼住他，却忽然控制住自己。如果他不是那歌手，不是会很尴尬，而且更失落吗？世上的事，有时模糊比弄清楚更好。希望不总是在模糊中吗？于是我伫立街心，目光穿过黑夜，跟着他的身影与歌声一同远去，直到消失在深邃的夜色里，我却还在下意识和茫然地举着一只空手。

末日夏娃

前记

　　这是一部日记，准确地说是一部日记的续篇，或是一部未来日记。

　　马克·吐温在一九〇六年出版的《夏娃日记》(下称《日记》)，终于使世人穿过他惯常的令人眼花缭乱的机智，寻到了他近于木讷的淳朴的心灵本质。这缘故完全是由于夏娃。作家笔下的人物常常会反过来影响甚至改变作家自己。不管马克·吐温在夏娃身上融入多少他对世态人生敏锐的洞察，他还是被夏娃的圣洁纯真所感染，不觉间泄露了自己的心灵真实。然而，他只写了"创世纪"时代那几页，并没有涉笔于夏娃的未来，于是我心领神会并感谢马克·吐温先生——他似乎有意把这日记的未来部分留给我来写。尽管我至今仍不明白他为什么这样做，却动笔写起来。马克·吐温所写的是夏娃过去的日记，我写的则是夏娃未来的日记。这样，我的幸运是，看到了他的夏娃那份自在与欢愉；他的幸运则是，没有看到我的夏娃竟然如此困惑与绝望。其实，夏娃并不是谁写出来。不是她生育了人，而是人创造的她。人类始终都在决定着自己的一切。它既然可以使一切诞生，就一定能使一切灭亡。

因此，从写作的意义上说，马克·吐温所写的是一部虚构的夏娃的日记；而我所写的则是一部真实的自己的日记。我常用自己的而非夏娃的口气说话不可，这一点读者一看自明。其缘故仍然如上所述——我受了"我的夏娃"的感染。

本书由于要与马克·吐温的《日记》保持同一样式，也采用了装饰性的图画作为插图。《日记》的插图画家莱勒孚（Lester Ralph）颇为鲁迅先生推崇，我却无法把莱勒孚从天堂里邀请回来。但我认为，与我同一国籍的画家张守义的插图，也同样的笔调动人和意境深远。

——作者

星期三

起始的记忆是没有形象的。我好像从很深很深的什么地方升上来，一直升出地表。第一眼看到的便是天空中一排九个太阳。它们距离相等，从西南端一直排到东北端，气势非常壮观。然而并不光芒四射，就像九盏硕大无比的吸顶灯，又白又扁，光线柔和。当这光线照在我赤裸的身体上，就像盖上一层光滑透明的被子。我坐起来，闪亮的被子也随身而起，这感觉真是奇妙无比。可是我有点奇怪，阳光怎么不热呢？阳光的存在不就是靠那么一种晒人的感觉吗？于是，被子的美妙和舒适之感骤然消失。我想掀开被子逃出来。我发觉根本无法做到。因为我已经被这种异样的非常不适的光线所弥漫了。

浑浑噩噩中，我觉得好像以前什么时候也有过类似现在这种体验——人类先有"感觉"，再有"意识"，最后才是"精神"和"思想"。这是一个生的全过程。死的过程正好倒回去。因此，只有"精神和思想"的出现才算是人的完成。否则人类永远会陷在杂沓的感觉和混沌的意识里。但是，"精神与思想"走到了极致之后，是否会迷失在更混杂的感觉与意识中？

从来没有谁能够回答人类，都是人类在自己回答自己。

今天正是这样！待我站起身来，出现在眼前的一切，使我所有的"精神与思想"都像黑压压站满树枝的受惊的鸟"哗啦"飞去。空空如也的脑袋里全是感觉的碎块和直愣愣的惊叹号——

我看不明白，正前方远远的大地上，堆积着那大片大片奇形怪状的块状物体是什么。是垃圾吗？可是最小的一块至少比五百个我还高。谁会创造如此庞大的垃圾呢？这些物体大多是黑色和紫色的，刀削一般光亮的平面或斜面，把天上众多的太阳斑斓细碎地反射出来，乍看很像是那些太阳掉落下来跌得粉碎的景象。一种

各有各的活法

近于凝结的死寂的气息使这一切更加怪异。可是我的左边，完全是另一种风光。整个原野上横竖整齐地摆放着足有几万个完全一样的长方形银色的框架，看来是用来建造高楼大厦的。框架里空荡荡，每个框架中间只有一个金属球儿，下边接连一个酷似弹簧的东西。它们在地上一刻不停地蹦跳着。这些弹簧球儿好像很情绪化，有时显得很平稳，跳起来优雅又有节奏，完全可以跟着它的拍节唱歌；有时却变得兴奋高亢激动勃发，胡蹦乱跳蹿出框架，一下一下地高高弹射向天空。在我看来，弹射的轨迹都是发泄性的线条。跟着我看到一个奇异得足以震撼人的场面，就是天上忽然浮现出一个极其浩大的嘴唇，足有二十公里长。唇缝部位是鲜艳夺目的湿漉漉的玫瑰红色，唇边四周颜色渐淡，这嘴唇的感觉松软如烟，很像夕照燃烧的云霞。大嘴唇缓缓嚅动，好像要亲吻什么；伴随着嚅动，唇边四周云烟般的丝缕就像水草那样飘摆，唇绽中的液体似乎要流淌出来。突然这大嘴唇向下一拥，我感到整个大地都为之震颤，还有一种要被这大嘴唇吞进去的感受，定睛再看，巨大的嘴唇居然不见了。它在天上隐没了。所有弹簧球儿都像撒了气那样疲软地散落在地上。

随后我发现，每当这些弹簧球儿的激情到达高潮时，这大嘴唇便浮现出来一次。而大嘴唇那铺天盖地的一吻，似乎就是为了平息这些小弹簧球难捺的狂躁。我反复看了几遍，便被这些怪物们毫无变化的机械式的重复动作弄得十分乏味，甚至感到厌烦。于是我又发现，这种惊天动地的行为，怎么不出一点声响？我拍了拍手，确认不是我的耳朵有问题，奇怪！难道声音被泯灭了？谁消灭的？

究竟又是怎样被消灭的呢？而失去了声音和失去了晒意的阳光一样，都有一种无生命的空洞和可怕。

一个更可怕的发现陡然在我的脑袋里出现。为什么没有人？到处可以看到人制造的事物，怎么独独看不见人的任何踪影？这到底是什么地方？是不是我来错了星球？地球应该是一个缤纷五彩、充满生命芬芳的世界呀！我从右边好似一座坍塌倾圮的城市那样大片大片的巨型碎块中联想到，是不是地球不久前经历一场战争，或者大地震，或者更残酷的灭绝性的灾难，人全死去了？为了重新创造人类，我才被神指示返回到这地球上来？

在隐隐感到一种神示的同时，一种久别了的原始的蓬勃的生命力量，在我身体的核心部位诞生。就像植物的种子在花心的深处，以看不见的形式出现。我已经感到它的出现，并一下子从血肉深处，潜到皮肤上每一根细细的金色绒样的汗毛下边的毛孔里。微风宛如一只温柔大手，在我光裸的身上滑肩而过，我全身为之一震！被爱抚的感觉美好无比，并攸关地记起一个伟大又温柔的名字：亚当！

我的心看见了亚当。他那伟岸的身躯，栗色的卷发，有力的大手和蓝色深情的眼睛。对，还有他总是粗粗喘着气的很大的鼻孔。

我环顾四周，不用判断，就知道亚当所在的方向。

我生命之中有个罗盘，指针一直指着亚当。女人更听从来自生命的直觉。

我迈开步子，赤足沿着高高隆起的一条山脊走去。

头顶上的九个太阳已经依次一个个消失在西边。仅剩下的三个太阳全挤在那一边地平线的附近，而且暗下来，变得殷红又明媚。

天边有几个黑点飞驰而来。它们被淡淡发亮的天幕衬托得像是几只极大的鸟。可是飞到头顶上空时再看，原来是几个模样怪诞的无人驾驶的飞行器，形体极其巨大，飘飘忽忽，好似游魂一般无声地飞了过去。

星期六

今天的事情我必须记下来。我相信，今天才是一切一切真正的开始。

清晨我进入了山谷。那一瞬我的心情美好至极。奔波多日，我终于回到了我所认识的地球上。数不尽的参天大树列队站在峡谷两边，对我可谓毕恭毕敬，表示欢迎，我不住地向它们点头致意；那满山遍野的绿草处处用纤细的碧手，捧出一丛丛鲜艳亮丽的花朵，惹得我时时地弯下腰来，去亲吻它们毛茸茸芳香的花蕊。尤其是远远挂在绝壁上的瀑布，一落到地上，立即像光着雪白的双腿，欢歌笑语地从深谷跑出来。一刹那，浪花和泡沫滑滋滋没过了我的脚腕。一个相隔一万年的记忆恢复了。记忆返回就像找回失物那样，也是感觉极好。我"哎——哎"地叫起来。呼唤我昔日的那些朋友们，蝴蝶、甲虫、夜莺、大鹏鸟、兔子、松鼠、狮子、长颈鹿、斑马，还有那庞然大物——嘴旁挂着一对月牙儿的白象。可是它们没有任何一个跑出来。大概到什么地方游玩去了吧。就像当年我带领他们在森林中间的阔地上举行水果盛会那样。每次，金丝雀都要叼来一小枝红樱桃挂在我挽在耳边的发结上。

　　我在溪水里尽情沐浴过后，选择了水边一块草地躺下来，合上眼，享受这一切，也等候我的朋友们。这时候，我不再有疲劳的感觉。几天里种种怪诞的经历也抛置一旁，不去想那些事情的缘故与究竟吧！只有不去思想，才能回到自己的生命感觉里。由于我是躺着，而不是像刚才那样站着，微风便温情地抚遍我的全身。当它由我的双脚向上，掠过我光滑的身体时，我每一处凸起的部位，都感到它美妙的触动。于是渐渐地，我那潜藏在每一根汗毛孔里的生命能量，全像嫩芽破土而出，长出一个肥大而鲜活的叶子来；每片叶子包卷着一朵喷香的花儿。久已消失的又一个词汇冒了出来。它叫：伊甸园。伊甸园是什么？我一时记不起它的内容。然而，这个伊甸园分明混合着亚当的气息，如果把亚当的气息分离出来我就无法单独来感觉它。我模糊依稀地觉得它好像还与芬芳和色彩有着什么牵连？这时，我觉得有一个影子遮住我，尽管我是闭着眼。亚当？我猛地睁开眼——却见几个人站在我周围，直怔怔看着我。

　　他们给我的第一个印象是些矮小而古怪的家伙，身穿完全相同的灰色袍子。大概只到亚当的腋下那么高。脑袋上方是平的，如同一个平台，上边头发稀薄，好像生了一层软毛。眼睛细小，似乎没有牙齿，所以嘴巴像老婆婆那样瘪进去。使我吃惊的是那倒三角形的下巴，下端极尖。这下巴使他们不大像"人"了。我怀疑他们是一群劣生的畸形人。不然他们怎么会这样骨瘦如柴，骨节很大，皮肤松懈，肩膀好似梨子一样直溜下来，手指仿佛豆芽那样黄白细嫩，他们是不是发育坏了？

尽管如此，我的第一反应是害羞。下意识地把腿蜷缩起来，挡住下体，并闪电般交叉双手捂住自己的双乳——因为他们正盯着我的身体看，而且看得目瞪口呆。我慌张的举动显然惊动了这些尖脸人。他们一溜烟似的跑得无影无踪。

我从树上取了一些无花果的枝叶，把自己的胸部和下体遮挡起来。当然我也注意到怎样把那些短裙编得更好看一些。翡翠一般的叶子和我羊脂一般雪白光亮的皮肤搭配起来，真是美丽又高贵。

我选择溪水中间一块大岩石坐下来，以防那些古怪的尖脸人再来接近我。我不知道他们会不会伤害我。我已经感到一种危险和威胁。果然，太阳最亮的时候，这些穿灰袍子的人在半山上的断崖处出现。大约是五个或六个。他们躲在断崖后边伸头探脑。这反而减少一些我的恐惧，至少他们也有点怕我。他们为什么怕我，因为我在他们眼里也是个怪物吗？世界的万物总是以自己的标准来排他。他们的标准又是什么？

后来我发现尖脸人并不想伤害我。他们既不倚仗人多势众对我发动攻击，也不抛石块袭击我。他们似乎只想接近我，看我，观察我。这样我心里就把握好一个尺度，只要他们挨近我，我就朝他们叫一声，他们立刻像老鼠一样飞快地跑掉。几次过后，这些古怪的东西便不再出现了。

天黑之后，我感到又累又饿，但不敢去岸边树丛中寻找食物。我必须对那些尚不知根底的尖脸人保持应有的警惕。我俯身把嘴伸到溪流里，喝了许多很凉的水，倒下来睡着。在梦里我居然梦见我那个太久太久以前死去的儿子亚伯，他刚出生时常用那柔弱的小手发痒地抓着我的脸颊和脖颈。可是跟着我就发觉到这是一只陌生的又怪异的手在抚弄着我。这一瞬真是恐惧极了。我笃地看见一张月光下蓝色的三角形的脸直对着我。在我大叫之后他"扑通"掉进水里。

此后，再没有尖脸人来骚扰我。但是刚才尖脸人留在我身上的那种抚弄的感觉极不舒服。一种病态、发凉的手，带着探索的、寻求的、欣赏的意味，叫我恶心！天一亮，我必须立刻离开山谷。我再不敢睡觉了，一直睁着眼。

星期日

出发前，我找到一棵果树刚好可以充饥。我对果子有点犹豫。因为我认不出这是什么果子，而且所有果子都一般大，一般圆，全都是鲜艳得出奇的大红色。我饿极了，伸手摘下一个，正要塞向嘴巴，只听头顶上有人说：

"不——不不！"

我抬起头看，树杈上坐着两个尖脸人朝我使劲摇手，不叫我吃。这次我没有惊慌跑开，也没有对他们叫，我看出他们的善意。但我不明白他们为什么不叫我吃，难道这又是一种禁果？

这两个尖脸人，一个略高，脸色发白；另一个略矮的脸色发黄。其他部分完全一样。他们更像两只猴子那样相像。

白尖脸人开口说话了：

"这里的一切都是假的。相信我，我知道你吃的东西在哪里，跟我走。"

我听到这话很惊奇，掰开手里的果子，果然里边是一种人造的物质。没有水分和香味，也没有果核儿，拿在手里很不舒服，我把它扔掉。半信半疑地听任这两个并无恶意的尖脸人做向导，沿着溪水向北走。一路上仔细观察，才知道昨天被自己一时的粗心蒙蔽了。此刻所有的疑点全被我看出来。

溪水为什么比蒸馏水还清澈透亮？水边的石头为什么不生长那种丝绒一般的绿苔？为什么水里没有小鱼与蝌蚪？天上也没有一只飞鸟，树上没有一只蝉鸣，草地上没有一个虫儿跳跃或爬动？森林为什么静得像夜间的城市，好像刚刚被清扫过了一样？为什么没有游丝和浮尘，没有露珠，没有那种腐叶的气息？我再一次俯身闻一闻野花的味道，竟然全是同一种类型的芳香。

我忽然被人类伟大的创造力震撼了。他们究竟是怎样复制了如此辽阔和逼真的大自然？可是，我又堕入迷惘：整个地球都是大自然，人类为什么偏要再人造一个？

星期一

上午以前，我们一直穿行在山谷中。尽管我已经饥肠辘辘，两个尖脸人坚持不叫我从路旁采集任何东西吃，只能喝水，于是我就一直把肚子喝得像水囊那样，走起来咣咣当当发响！

出于一种女人独有的自我保护的本能，我一直与走在前面的两个尖脸人保持一段间距。我望着这两个畸形的怪人的背影，猜不透他们的性别。无论是从他的体形、发声，还是面孔。他们的声音又尖又细，好像拉长声音的鼠叫，毫无性别的魅力。尤其那灰袍子平平地垂落到胸部的地方毫不凸起——他们肯定不是女的；可是在肚子下边的地方也同样不凸起——他们肯定也不是男的。既然分辨不出男女，我为什么还对他们保持警惕呢？

我也说不清楚。

大约在中午时分，我们进入一片高耸摩天的块状的物体世界里。感觉立即变得奇特。这些物体全是棱形多边体，横七竖八堆积一起。尖锐的顶部直插高空。抬头看上去，天空仿佛给这些物体切割得破碎不堪。它们的颜色是黑色或紫色的，可能就是前些天看到的远远的那片不明物体吧。走到这中间才知道，每一个巨块都是一座建筑。整整一大片建筑大概就是一座城市。谁造的如此难看的建筑呢？

然而巨块中间看不见人。只有一片片由无数金点组成的飞毯似的东西，在半空中闪闪烁烁地飘舞。只要碰到巨块就弹开，向着相反的方向飘动，一起一伏，一如随波逐浪的韵律。忽然，凭空出现一些湛绿发亮的曲线，它们柔韧又敏捷，流光一般从中穿来穿去，互相决不碰撞，配合得和谐老练。跟着，许许多多看上去极轻的白色球体，上上下下布满空间。一种优雅又轻盈的向往透进我的心里。只听前边那个高个子的尖脸人说：

"你也会这样欣赏音乐吗？"

我不明白他的问题，因此也不能回答。便带着一团困惑，随

各有各的活法

着他们走进一所底座浩大的紫色建筑。

我无法完全记录下在这建筑里见到的荒诞景象。其中被高个子白色尖脸人称作"第五代人实验室"，最最不可思议。特别是那些被培育成活了的"第五代人"的样品，简直在梦中都不可能出现。比如许许多多眼睛浑身流转并不停眨动的人，没有五官的人，只长一条胳膊和一个手指用来按键的人，把内脏搬到体外的人，像球一样滚动的人。人类从什么时候开始，不但能复制人，还能设计和生产人了？那么现在距离"创世纪"已经有多少世纪了？我的儿子亚伯和该隐死去多少年了？

距离是长度。长度标志时间还是空间？

时间实际是一种空间。比如历史，历史不是时间的概念，是空间的概念。历史只是无数空间的前后排列。但我对我死后的人类历史一无所知。我无法知道那些空间都是什么样子的。

实验室里有一个"第五代人"，和我概念中的人比较接近。引起我的亲切感。他个子比我略矮，魁梧强壮，生着长须，目光愤怒，他在玻璃墙里边心事重重地走来走去。仔细再看，他胸脯生着鱼鳞状的硬片，背后是一对翅膀。他刚刚给我的那种亲切的同类感便消失了。这时，忽见他气势汹汹直视着我，动作僵硬地走到玻璃墙前，举手朝我"当、当、当"用力敲玻璃，好像要冲出来，吓得我大叫。

我的喊叫，丝毫没有惊动"第五代人"，却把前边两个尖脸人吓得跑得很远。

我非常抱歉。他们并不责怪我，而是把我领到一扇陈旧的木门前，那个白尖脸人告诉我："这儿是入口，里边道路的尽头是出口。这里边一切东西都是你能吃的。记住，这是人类保留在实验中的最后一块大自然。"

我朝他们摆摆手，表示感谢，还有告别。

说实话，我不喜欢他们——他们的形象、声音、气息，以及全部感觉。还有他们眼里总对我有一种莫名的东西。我不能确认这是不是一种性的内容。我还搞不清他们的性别，怎么能确定是性？也许正为此，我对于这种异常样的似是而非的东西，才分外地反感。女人对于来自异性的性没有绝对标准，全凭对于对方的感觉。对方一律出于灿烂的本能，我们全凭仗心中直觉的好恶。但我对尖脸人的直觉——应该说，是一种排斥。

我推开门，一头就钻进阳光空气、鸟语花香之中。单凭直觉——又是直觉——就强烈感受到绝不是那个人造山谷的虚构景象了。我觉出阳光爱抚的晒意，听见蜜蜂振动翅翼的嗡响，闻到各种花朵千差万别的沁人心脾的香气……露湿的小草亲昵地拂弄我的小腿；零星的雨滴像钻石一样亮晶晶落在我肩头；清洁纯净的空气吸入我的身体时，我感觉整个气管和肺叶全变成玻璃的了。当我闻到一种真切的牛粪的气味时，高兴地叫了起来。我的叫声，使得所有树木都"哗啦"垂下各种各样的果子，圆圆的苹果、肥大的香蕉、成串的葡萄、沉甸甸的椰子……一切一切应有尽有。最使我喜悦的是，有些树枝上还生着金黄色松软的面包，好似刚刚烘过那样又热又香。

我采了许多爱吃的东西放在草地上，绿草立刻蹿出更鲜亮簇密的新芽，为我铺上毯子；我正要去水塘边取些饮水，一些鲜嫩的白合花瓣飘落身旁，里边亮汪汪盛满露水。我只是觉得身上不大舒适，忽想到用来遮体的东西还是取自人造山谷的假树叶呢。我动手把缠绕在身上的人造物扯掉，裸露出来的丰盈的胴体便在山水花木的辉映中散发光彩。瞬息间，一股来自大自然深处的风，迎面把我抱住。我还感到这风之手，从我的肩上、腋下、两腿之间滑溜溜地穿过，紧紧拢住我的脖子、后背、腰肢与臀部，一下子就把我全面地拥有了。我真愿意永远这样被大自然所拥有。

我觉得右边的乳头有些发痒。原来一只白蝴蝶正要落在上边。它把我这乳头当作绛红色清新甜美的梅子吗？我躺下来，白蝴蝶紧随地追下来，最后落定，一对粉白的翅膀一张一合。任我怎样动作去吃果子与喝水，它都固执地停在上边一动不动。

我真的与地球世界烟云汇合般融为一体了。大自然分娩的果实和酿造的清泉，不仅给我以美食美味，令我快乐无穷；它的风光四季，还给我良辰美景，使我享用不尽；它叫我感恩不尽的是给我以生命。生命的时间、力量、前途与希望。它又是怎样爱惜我的生命呵。一片树影刚刚把我遮盖，一阵风又争宠夺爱地把树影掀去，让太阳为我充填能量。当这些小鸟儿们叼着花儿，围成一个花环，套向我的头顶时，我难道还不懂得用怎样的爱去善待它们？

神教给我，常用手抚摸着青草，鲜花便遍地开放；常用嘴唇朝着天空吹一支歌儿，天上就会百鸟齐鸣；白云还会停止不前，洒落一阵滋润万物的细雨。神还教我和亚当生男育女，一边受惠于天地，一边报恩于天地。神还有什么警句曾经提醒过我们？那至关重要的话难道被我们忘了？

星期三

我强烈地想念亚当。愈是美好的时刻，愈希望他的同在。可是他为什么不出现呢？

他一定会知道我在这儿，却不搭理我。

男人总说女人以自我为中心，还说男人面对世界，女人面对自己。其实他们才真的是以自我为中心！男人的自我是功名，女人的自我是情感。

我委屈极了，流了许多泪水。我用手心接着，手心中间便聚集成一个心形的小池塘，忽然池塘里金光闪闪，原来是前方一棵树的树枝上拴结着一绺金发，正在随风飘动。我过去一把将这金发抓在手里。一股强烈的气味——亚当的！我太熟悉了！这头发的气味在我的血液里，头发的质感留在我的怀抱里。亚当一向用他身体上的东西给我留下信息。飘飞的头发便是他的呼唤。

我看了看那树枝的指向，立即动身去找他。这是一万年前在大自然的深山密林中我们常常使用的记号。一万年过去了，我依然牢记着关于爱的全部符号，却忘掉了爱之外的所有事情。

爱只能比生命长，不能比生命短。

可是亚当不一定这样想。我不怨怪他。男人和女人天生就不一样。女人为爱情能付出生命，男人最多只能损失生命。因为女人孕育了生命。她感觉过生命是自己的中心。她为生命活着。母爱不就是生命之爱吗？

在我走出这个最后的大自然之前。我找到一些真的无花果的叶子，编织一条短裙和一个背心。我把裸露的身休重新遮盖好，担心碰到尖脸人或别的什么人。在将要走出去时，各种颜色羽毛的小鸟们全扇动着翅膀停止在空中，组成一个非常美丽的拱形的门，叫我钻过去。既是欢送也是向我道别。我却不能把这种好心情带出去，刚走出这座建筑物就遇到一个可怕景象。

在奇形怪状建筑巨块中间的平地上，我看见白尖脸人蹲在那里。形态与神态都像在对什么致哀。地上平放着一件奇特的非同寻常的东西。我走上去，看见了一个匪夷所思的情景！

这地上的东西，就像一片极大的枯叶，皱巴巴又灰又黄的样子，看上去好像很薄，很脆，而且很古怪地抽搐着。再看，竟是那个黄尖脸人的尸体！我认识他的面孔。他竟然像烘烤的烟叶子那样愈来愈干、愈薄、愈黄、愈小。身上出现龟裂。他的面孔在抽缩过程中，扭曲变形，不停地抖颤，但是反而更富于表情。我陡然看到他脸上出现一种嘲弄又诡秘的笑。同时隐隐还有一点乞求，一点阴沉，一点龌龊，一点自足，一点悲哀和无奈；本来这么复杂的意味不可能同时出现在一个表情中，但我全都感到了。而且这是对我在发笑。我还感觉到一种很特别的震动，使我不寒而栗，胳膊上起了一层谷粒般的鸡皮疙瘩，汗毛全竖立起来。

白尖脸人发现了我，忽地朝我大叫："走开！"

我真不知发生了什么，不知做错了什么，也不知该怎么做。

对不起，十分地对不起。

可怜的尖脸人！

星期五

我必须把白尖脸人所说的话追记下来，好好思考一下。我相信他说的全是事实，但我却根本无法理解。听他说话时的感觉很奇怪，几次我怀疑我一时神经出了问题。甚至觉得自己是在一种完全疯狂的状态里。

他说他们就是当今的地球人类，绝非畸形人，当今人类全是他们这样子——单是这句话，就难以叫我置信了。

我和他的交谈十分困难，我们好似站在两个地球上，操着不同语言对话。他说，语言不是工具而是文化。当今的人类，对于语言无能为力的那部分内容，依靠先进的"受动式感应程序"。这话我根本听不懂。还有什么不能用语言表述的？我更不懂"文化"是什么，是一种很被动的东西吗？它是人创造的吗？它又反过来制约人吗？不行，我真有点要疯了。

多亏这个白尖脸人——对了，他说他叫欧亚——是一位古生物学家，对于我们这种"早已灭绝的史前人类"有些了解，否则会把我当作用什么"高科技"制造出的新人种。

欧亚通过观察和实验，认定我属于"历史"。但他弄不明白我怎么会来到了"现在"。到底是现代科学破坏了时间秩序，还是排列事物（包括空间的排列）的顺序发生紊乱？可是欧亚坚信即使"史前人类"返回，也根本无法在地球上存活。因为"史前人类"属于大自然，当今的地球人类则是反大自然的。大自然在地球上基本绝迹了。当今人类与我这种"史前人类"无法真正沟通。比如那种超语言的"感应程序"，对于我就毫无作用。我似乎感觉到，人类在进展中已经从中断裂。但究竟是什么东西导致这种中断？

欧亚告诉我，地球人类的一切生活方式都依赖"高科技"。比如昨天我在楼群间半空中看到的那些怪诞景象，其实是一种"视觉音乐"。自从人类社会中"R 噪声"的出现，耳朵逐渐退化。这种视觉音乐可以在人的心灵上转化为听觉效应——这是我们"史前人类"绝对感应不到，也无法理解的。长久以来，人习惯吃流食，这种食品营养充足、好吃，又节省时间，下巴却由于很少咀嚼而逐渐变尖；而思考工作交给了电脑，使得脑袋渐渐变得又平又扁；他们那豆芽似的小手也是使用率很小，退化所致的吧。

我能够听得半明白、半糊涂的，也就是上边这几句话。再有便是——

这些尖脸人的地球人类——确如我发现到的那样——他们没有性器官，不分男女。欧亚用了一个闻所未闻的词汇，叫"中性"。他对"中性"的解释更是荒诞至极。他说他们这些"中性"的人，能够进行性的自我满足。这种满足的唯一的外部的迹象，便是露出诡秘的一笑。我马上想到黄尖脸人临终前的一笑。但那一笑为什么面对着我？这使我听了光裸的胳膊上又乍起一层鸡皮疙瘩。好像还有一种挺恶心的东西粘在我身上。

至于人类为什么会变化为"中性"，欧亚也无法解释。只说大概是对曾经一次性的放肆的反动。然而，人类仍然没有逃出反自然的厄运。任何一个创造，都带来一个负面。这是人无法逾越的悲剧。一种名叫"枯萎症"的绝症，如同很古远的时代流行过的瘟疫那样，给人类带来毁灭。"枯萎症"没有药物可以医治，病症发作时，人很快变得干枯，最后变成粉末，微风一吹便会很快飘散，消失得毫无踪迹。

那么现今人类是怎样繁殖的呢？这是女人最关心的问题。

欧亚的话，我听不懂。

星期日

我思考着欧亚的话。感觉自己现在非常缺乏悟性和灵气，就从短裙上取下一片鲜活的无花果叶子，贴在耳边仔细听。这是一个古老的办法——

渐渐我好像听到了神用他遥远又庄严的声音给我的训示：

当你又见到地球之日，

正是它将死而未死于恶死之时。

那么我怎么办？

我从谁的手里挽救地球？

我从哪里开始挽救地球？

我问神。但是神缄默了。无花果叶子里再没有一点回声。

神从来没有像今天这样一声不出。

我又感觉自己的问题荒唐可笑。我一个女子怎么挽救地球？那么谁来挽救？我急着要问亚当。

星期三

亚当在大海的那一边。我必须渡过大海才能与他相见。我早就感到大海在我们之间阻隔，不然我心里罗盘的指针为什么常常陷入惶惑与迷失？

我站在海边时，真是被惊骇得说不出话来。大海什么时候变成这样鲜黄的颜色？它刺激得我眼睛一阵阵发黑。大浪扑来时，喷发着强烈的酸性气味，还把浮在大海黄色表面的黏糊糊的黑沫子甩了我一身。顷刻我那短裙上的叶子全都蔫了，疲软地耷拉下来。

幸亏欧亚自告奋勇送我一程，否则我根本无法渡海。我之所以答应他的帮助，一是由于我难以拒绝他的好意，二是我对当今的地球真是一无所知。欧亚弄来一条电光船。船速快得令我感到只能生死由之。它一入这黄色汹涌的大海，那种恐怖感更是无以形容。海水原来是一种很稠的黄色液体。船头冲击它，发出强烈的搅动油浆的声音。酸味被激扬出来，我只能捏着鼻子用嘴呼吸，不一会儿我的喉咙就像吞噬干辣椒一样冒火。大风还把黏黏的海浪撩起来，像一张张油布拍在我身上，我只好一片片往下揭。这黄色大海的泡沫竟像实心弹丸，胡乱地打得我浑身生疼；还有一种水丝，实际上是一种很坚韧的黄色纤维，挂了我一身，弄得我狼狈至极。上无飞鸟，下无鱼虾，辽阔的死亡，无边的绝望。欧亚说，这里叫作"金海"，这称呼不知什么开始使用的。他从古籍中得知这里在"史前"时期曾经一片蔚蓝。名字叫……他忘了。他说他不知道大海是黄色还是蓝色更好。他对海的蔚蓝没有概念。

顶要命的是早晨出发上船时，我在海滩被什么东西扎破左脚跟。此刻给酸性海水一泡，已经肿胀起来，伤口不发红却有点发黄，剧烈地灼痛。等到下船时，后脚跟肿成个小球，发亮，像个小橘子。欧亚说，这儿有个保留至今的最古老的民族。在这个民族中，他有个朋友叫阿吞，也是个古生物学者，又稍通医药学，从他那里多半会有一些古代的药物。我只有使用古代药物才有效。因为，一切当今地球人类的物品，既排斥我，也被我所排斥。这是一种生命和无生命、自然与人为的相斥。这是造物的原则，也是本质。或者说是本质中的本质。

星期四

欧亚带领我，在森林般的紫色与黑色巨块的包围中，找到一片"古老"的房子。它们在我眼睛里却分外亲切。虽然这"古老"，对于我来说还是很久很久"以后"的事。但它们各式各样，至少不是当今世界那千篇一律紫黑相杂的巨块的堆积。老房子有着透气的窗户，栏杆、通道以及楼梯，显示着人的生存气息。据说这是世上仅存的活古董，里边居住着人类史最古老的民族。这个民族曾经以追求永生的坚韧精神，创造了伟大和灿烂的文明。但是他们的祖先早已灰飞烟灭，子孙后代却实现了先人的梦。它们在四百年前成功地接受了一种遗传工程改造，从此获得生命的永存不灭。欧亚从人口信息库偶然得知，获得永生的共有三千九百一十二人，但到了去年，存活的却只有十三人。这十三人活到四百年以上，足以表明人类科学已经无所不能。但另外那三千多人为什么会死掉呢？到底是表明这次生命改造惨重的失败率，还是一个意外事件，比如战争？信息库拒绝回答。

这片被称作孟菲斯的城区，简直像个坟场，破败又冷寂。历史遗迹在现代和超现代的建筑群中，就像一堆等待清理的垃圾。黄昏已经降临，依然没有灯光。所有老房子都是一个空盒子，里边都有一个四四方方无法走进的阴影。那最后存活的十三个人躲在哪里？尽管我的脚很疼，迫切想得到药物，欧亚却似乎比我还要着急。

在一所球状的古屋前，欧亚推开门一看，跟着他拉上门，不叫我走进去。我执意推门进去，在一个圆形的大厅中央，迎面坐着一排青黑色石头雕像。都是身材巨大，足有我身高的三倍。他们正襟危坐，腰板挺直，一双手呆板地放在膝头，目光直视前方。我无论怎样变换位置也无法与他们的目光相碰。在古屋内幽暗又神秘的光线里，他们的神情异样肃穆，面部肌肉好像挂在绳上的湿布那样垂落着。每个雕像的下巴上都有一根香蕉状的象征性的胡须，末端如同豹尾那样有力地卷起。我模模糊糊感觉在什么地方见过这种形象，一时的记忆却十分无力。我数数那些雕像，正好十三个。

欧亚指着中间脸颊很长、个子最高的一个，说："他就是阿吞。我们来晚了，我知道他们迟早有一天会这样——他们都死了。"

我问他们是怎么死的。

欧亚说："集体自杀。据说只有自杀，才能变成这种雕像。无法挽救了。他们已经变得比石头还坚硬了。"

我问他们为什么要变成雕像。

欧亚说："为了永恒。这是他们这个民族一贯的精神。"

我更奇怪了，他们不是已经能够永生了吗？永生不就是永恒？

欧亚若有所思。他自言自语地说："死亡才是真正的永恒。人类千方百计地追求永生，一旦真正达到永生便会发现，这永生不过是物质的长存，精神却无法一成不变地存在着。他们的精神已经无法坚持下去了，所以他们以自杀告终。"忽然他提高嗓门说："人类的自杀从来就是精神问题。唉，我们真无知呵，我们的科学一直把永生的目标对准肉体，忘记了最终的问题是精神！"

我忽然若有所悟："那三千多个神秘地死掉的人，是不是也都自杀了？"

这句话对于欧亚好像当头一击。我感觉他的尖脸一下子倒了过来。

"那么这地方一定还有三千尊雕像！"我又说。

此后，我们都没说话。也不会去找那三千尊雕像。因为我们害怕。怕那些雕像无言的暗示。

星期四

我感到了生命中最可怕的东西——绝望。这绝望是阿吞们传染给我的。

疲惫、饥饿、恐怖、混乱、困惑，我都可以承受。唯独绝望我不能抵抗。它充溢着一种生命的尽头感，反过来又对生命予以否定。

在人之初，地球是崭新的。我和亚当都知道，耶和华最先创造的生命不是人，而是大自然。一切一切，都是在圣日——也就是创世纪的第七日——以前造齐了。无论是光芒空气，日月星辰，大地苍天，还是山川草木和禽鸟虫鱼，都是新鲜蓬勃、跃动不已的生命！那照眼的闪电，轰顶般的惊雷，和风，细雨，花的光彩，木叶的香气，快活流畅的水纹……还是浓浓淡淡的影子，明明灭灭的浮尘，以及一闪即逝的流光，全都是大自然生命灵光的呈现。人只是这千千万万生命中的一种而已。所有地球生命都朝夕濡染，相互感应，息息相通。在这之间，我们感觉丰富，悟性灵敏，精神丰盈，体魄健壮。在那个时候，我们的欲望，并没有超过花朵要开放，鸟儿要鸣唱，河水要奔泻。那时候我们和大自然的一切都是平等的。究竟从什么时候起，人类变得如此贪婪、霸道、厉害，凌驾在万物之上，为所欲为，顺我者昌，逆我者亡。究竟什么东西助长了人的欲望与狂妄，改天换地，山河搬家，甚至人类连自己也不如意了，动手改造自己了！

伟大的人呵，真的把自然的生命转变成人为的物质。

人类在毁掉自己之前，先毁掉地球。

可惜这个教训，他们用不到了。

他们在现实世界里沾沾自喜，自以为成功地完成一次次进步和进化；但在人类演变史上却清清楚楚经历着退化的过程。

进化往往是一种退化。

聪明又自作聪明的人啊。

一天里我最喜欢的地球景象，只剩下日出和日落。那就是一排九个太阳早晨出现的第一个和傍晚剩下的最后一个的时候。只有一个太阳在天空时，才最像"史前"的天空风景。

可是我发觉此刻空气的温度没有任何变化。没有日暖与夜凉，没有四季，没有阴晴雨露，甚至阴阳向背，大自然的生命被抽空了，我身上对大自然的感觉功能也消失了，这不是很荒诞的吗？

生命最美好的感觉，是感觉生命。

没有寒气相逼，便没有暖日的爱怜；没有烈日灼人，也没有大雨淋漓的激情；没有长夜的寂寞，哪来的启明星灿然的清辉？整个地球是无数缺憾的互补。死亡也是对生命的调整。死亡给生让出一个位置来。死亡还是对世界的一个新的创造。

人类的错误不是追求完美。

人类的错误是去实现完美。

完美在被实现中，不仅破灭，而且刚好走向反面，使自己走进绝望。

亚当知道了吗？他怎么说？我很想听他的。他是最有远见的。他的话全是对的。我天天碰到问题时，都更急于见到他。我朝着他的方向走，他好像也在移动，甚至移动得更快一些，就像我有意和尖脸人保持一段距离那样。他难道在躲避我吗？为什么？

星期日

几块白粉浆在漆黑的空间里炸开，诱惑出一个赤红的球，像蛋黄那样黏腻地浮游着，腥臊又放荡地坦露它的正面。在这屏幕寂

各有各的活法

窦的右下角，幽蓝至深之处，飘移着迷幻又诡诈的光；不知谁用木炭条涂了一个瞎疙瘩，此刻好似一团浅黑色的乱线团，慢慢悠悠又小心翼翼地旋转着，像是蓄机待发，思谋偷袭什么。它在背景上每每触到了昔日残积的肌理，便不情愿地颤动一下。这种颤动没有节奏，有时颤得翻江倒海，摇头甩尾，仿佛五脏六腑都要呕吐出来。于是，脓样的流体在一个被硬物撞开的破口里痛苦地鼓动着。雄壮的大皮管肯定都过度地充了气，发怒一般膨胀得发亮。一条裂纹刚刚撕开视觉景象，无数裂纹又交叉出现，使眼前的画面变得破碎不堪，有如灾难将临。跟着情况又有转机，补救的势头出现了。各种碎片随心所欲地拼凑出瞬息万变的图形，以赢得那个腥臊的红球儿的注目。这红球忽然炸开，血样的浆液缓缓喷向周围的一切。只要落在那些物体和非物体上，立即变成黄色汁液，流淌下来，汇成洪流。黄水中翻滚着头发、烂布和霉坏的渣沫。它们从我眼前一条宽大的河床急速流去。这种流淌，更像排泄。它们所经之处，发出强烈的森林大火般的爆响，以及扑面而来的酸味，我好像突然间无法呼吸了。在黄水向北奔去的地方，使我想到几天前经历过的那个满目鲜黄的金海。

远远望去，那边天上有一条长长的鲜绿的云。云影上方有个银色箭头，固执地指向东南方向。

我真不知道看见的是什么。但我已经不再惊慌恐惧。我已经有了十天以上的经验，并知道这全是人类的创造。

今天另外一个非常重要又奇怪的发现是，当九个太阳全部落尽时，我看见头顶上的天空出现几个洞，很黑，很深，很远，隐约好像还有星光闪现，也许这星光是眼睛的一种错觉。但黑洞却给我一种真正的天空的感受，惹来一阵欢欣，可是不等我细看，黑洞消失了。于是天也像假的了。

星期六

今天我第一次正面瞧了欧亚一眼。

我一直不敢正视他。尽管我已经知道他是"中性"人，不会伤害我。但是我对他仍然有种奇怪的感觉，他比一个裸体的男人更令我怕。是不是由于我不懂得什么是"中性"？

然而，这些天来，他非但对我没有异常举动，反而真心帮助我。他在孟菲斯搞到一些古代药物，居然很灵验，肿消了，疼痛减轻多了，伤口上的黄颜色也渐渐变浅。我想，不该总那样扭着头不瞧人家，总应该正面看他一眼。再说对这个当今地球人类的真正模样，我也想看个究竟。

这一眼证实了欧亚彻底是离奇的。

他的眼睛像一对水泡儿，黑眼珠似乎潜藏在很深很深的地方。眼睛周围没有眼毛，上边没有眉毛，隆起的眉骨淡淡发亮。他也没有牙齿——那看上去的牙，其实是光秃秃的牙床，所以嘴巴才向里边噘，面孔显得苍老，无法识别年龄。牙床发白，嘴唇发白，浑身皮肤像长期闷在山洞里失去了血色。汗毛已经脱落，皮肤像刚降生的猫皮，又光又黏又薄；指甲也脱落得没有痕迹，手指好比软软的细肉棍。好像一切都在萎缩、凋零、衰弱和失去水分。他

各有各的活法

毫无生气的脸上到底有没有表情？但这一次叫我大出意料——

就是在我的目光直对他时，他脸上露出灿然的一笑。

我肯定这一笑很不好看，然而这生命情感的真实表现，一下把我打动了。在这一瞬，我丝毫没有感到，这个生理上异样的小怪人与我有什么不同。我对他说，谢谢你，你的药灵极了，我的脚快好了。

我也对他笑一笑，以表达真心的谢意。

他再次笑一下，因为我的高兴而高兴。我愿意他总是这样笑。人的笑，不是表情，而是心情。好看与不好看并不重要，关键是这一笑，神奇地把陌生和猜疑转化为友好和信任。我不必再警惕他，与他保持距离，不知不觉并排走在一起了。在跋山涉水的时候，往往还会互相拉一拉手，帮助对方。虽然在抓着他那细小凉软的小手时有些不适，可是如果没有这小手，我会陷入孤立与孤独。在危险的环境里，一个陌生的生命是最大的威胁，而一个熟悉的生命是最大的依靠。他说要把我一直送到我要去的地方。但他不知道亚当。也从来不问我去找谁。

先前我总是为亚当担心。为什么这样久感觉不到他的存在，难道他出了什么事？后来我开始怨怪他了。他明明知道我千辛万苦追寻他，为什么不掉过头来找我？甚至像是有意躲避我。他从来不是这样的！这些天我多么需要他在身边，就像欧亚这样！忽然我产生极恐怖的猜想，是不是他随同人类的退化，也变成了中性的尖脸人？他对我已经失去了感觉？感到一阵彻骨的寒冷。这也就更加重我尽快见到他的心情。

从今天我们开始了漫长的东征。

星期三

看来我和欧亚之间相互的理解，仍然是首要问题。他许多词汇我从来没听过。甚至在他看来是一些很正常的事，我都觉得荒诞可笑，不能相信。比如，他说人类的能力是可以设计的。我就觉得不可思议。人只能去设想自己的能力，怎么能设计自己的能力呢？可是当他说地球人类依靠"高科技"，使自己不知不觉就接收到宇宙间各种信息，并变为自己的知识记忆。换句话说，人类已经不需要学习就无所不知了——我便感到这些弱小的当代地球人类真是威力无穷。那个叫作"高科技"的家伙更叫我敬畏无比。

大概欧亚就是凭借"高科技"这家伙，对我了解很多。他说他知道我是阴性（他是中性人，对女性没有感觉，但对阴性有认识。他说阴性的阴字来源于远古时代东方的概念）。他料定我一定在寻找一个阳性（当然是指男性）。他的依据是古代生物学，阴阳是成双的。他还知道"史前生物"中，相互间最大的吸引力就是阴与阳。这也是人类低级阶段的表现。而人类进入高级阶段，必然是阴阳中和，全是中性。中性不单是性。连空气也没有寒暖，河水不凉不热，都是恒定的温度。花草树木和禽鸟虫类不适应，自然消失。剩下的唯有昼夜晨昏的变化依然存在，由于这是宇宙的事，那就要靠宇宙技术来解决了。

可是欧亚说，他一直没弄明白，我来自哪里。一个史前生命的复活或降临，必定会惊动全球。说不定会引起许多当今的宇宙科学和生命科学一场重大革命。只是由于地球正在横遭大难，在枯萎症的扫荡中，大批人死去，地球的信息网络失灵。所以欧亚对我的感应受到障碍。

我对他的这些话，只当胡说。但同时又觉得他在放射出什么无形的东西在我身上搜索。我隐秘的部位不觉地在收缩。其实这只是一种敏感，一种本能。我对他已经没有反感了。

但当今的地球人类究竟怎么繁殖呢？到底是欧亚说不清楚，还是不说清楚？他是否不好意思对我这"阴性"人说？我可能猜错了——中性人对性不会有什么敏感，也不会羞于谈性吧。

对了，我怎么忘记问他，天上这九个太阳到底是怎么回事？它们到底是太阳，还是一种巨型的灯？明天我一定问他。

星期日

从今天起，无论写星期几都可能是错的。我已经乱了。不知是给天上一大排太阳弄乱的，还是给夜里那些漫天荒唐的图像搞得昏头昏脑。我也不知道多少天没记日记了。

有一天，一片泛滥的灼热的洪水阻挡我们前进。水太大，又烫，冒着白烟，非常吓人，无法涉水，只好向北溯源而上。走了几天几夜，终于在一座被冲垮的城市里，凭借着那些横七竖八凸出水面的建筑物，渡过洪流，继续向东，一路上看到的景象比想象的还糟。

看来这里感染枯萎症的情况更严重，人基本上死光。我们走了这些天，没有见到一个人影，所有城市全是空的。

我第一次来到东方，但见到的一切，与西方并没有两样。所有城市都是堆积着紫色与黑色的巨块，所有江河全是腐臭扑鼻的流水，所有山谷全倒满光怪陆离的垃圾。触目皆是被挥霍的昨日大自然的残骸。我从垃圾里拾到一个巨大石刻的鼻子，不明白它曾经的用途。欧亚说，这可能是大卫的，也可能是释迦牟尼的。这两个人我都不认识。但不明白他们的鼻子为什么是石头的，为什么丢弃在这里。

整个地球为什么到处都成了一个样子。记得创世纪时，每一片森林都是一片独特的风景，一片异样的清香，一片悠然自得的静谧。每一条溪水或飞瀑都有自己的个性，每一枝花叶都有自己的姿态，每一头牛都有自己行走的神气，每一只夜莺都有自己拿手而迷人的歌。人类到底是怎样把它们变为一个样子？人类究竟为什么把它们变成一个样子？这是进化的失误，还是进化的极致和进化的必然？

而进化又是为了什么？为了永不满足的欲望？是不是人类的欲望永无止境，才把不断满足欲望而不断更新的行为当作一种进化？

我开始思索欧亚常常挂在嘴巴的一个词汇"高科技"了。我不知道它确切的含义，但我观察到在欧亚说到这个词汇时，他的神情既得意又忧患，既寄托又无奈。在我的感觉中，"高科技"是一个神，它可以把人的能力放大，甚至真的可以设计人的能力，以不断满足自己永不知足的欲望，唯有它才能实现人的梦想；而同时，

"高科技"又是一个魔鬼，一条老蛇，一旦它从人的手掌中跳出来，便不再听任人的支配，甚至反过来要人类受制于它。唯有它才能毁灭人类自己。我想到了最根本的一个问题：毁灭人类的其实是人类自己。

可是，人类为了生存和生存得更好就必须不断改变一切，包括自己。事情只要到达终点，才能判断是非，谁能预知和预见？预见能有多大说服力？那么人类又在两难之间。注定是悲剧的人类！

今天，我们终于绕过一个几乎没有边际的大坑，这大坑显然不是自然的，也不是神造的。我已经不关心它的来历了。反正无所不能的人，早就为所欲为了。在翻越一条高耸的山脊时，我强烈地感受到亚当就在我的附近。心中罗盘的指针正对着一片铅色的屏障一般的山崖。就在这山崖背后，亚当把他强劲的生命信号传送过来了。我浑身即刻胀满热力，双腿充满弹性，眼睛明亮发光，头发如同金色的波浪在肩头上飘动。我多么像史前——哎，我怎么也称创世纪的时代为史前了——那时候一只矫健的梅花小鹿，我要飞奔起来！

我掉头呼喊欧亚快走。却见欧亚落在身后远远的地方。我跑过去伸手拉他，忽然感到他的身体变得极轻。眼睛似乎没有黑眼珠了，面色又暗又黄。他怎么了？我问他，他不说。

一整天，我都在深深地为我的朋友担心。

星期一

我猜想欧亚的身体问题是出于长途跋涉，太劳累了。初看还好，他只是迈不开双腿，有点气喘。没料到的事情却突然发生了。

在陡峭的石峰下，我跳上一块山岩，回过身正打算拉他上来，只见他躺在地上，脸色难看极了，身体发抖，好像怕冷那样剧烈颤动。我跳下岩石，蹲在他身边。我受不了他这痛苦的样子，流下泪来。

他似乎受了感动。内心的痛楚使他的表情很丑很怪。

他的声音变得极细。对我说：

"我无法再陪伴你了。峭崖后面是一座星际光船的发射台，我想你的朋友多半在那里。你自己去吧！"

他怎么会知道我在找我的朋友？但我来不及去想了。我的泪水止不住。我说，我要救你。

他的话竟然如此苍凉：

"整个人类就要完结了，救我有什么用？我想过，就是你和你的阳性朋友再繁殖出那种'史前人类'，也根本无法存活。大自然没有了，地球已经死了。自然的地球已经变成了人为的地球！——它一旦变过来就无法变回去了！"

我忽然突发奇想。我说："那么你们怎样繁殖，我愿意帮助你们，哪怕需要我来繁殖，我也愿意。"我不知道自己为什么如此慷慨大义，也不管亚当知道了会不会杀死我。我把身上缠绕的长青藤扯下，绽露出完全赤裸的身体。

我看到自己的身体熠熠发光，柔和而丰盈。整个地球都是假的和死的，唯有我才是最真实、最迷人的生命。就在这时，欧亚空泛的眼睛的深处又出现一双黑点。那是灵魂所在的黑眼珠。他好像一下子复原了。但紧接着又委顿下来，说道：

　　"我们是中性人，根本无法与你结合。谢谢你！你已经使我感应到史前生物那种杰出与美妙。在当今地球上只有我才有这样的幸运。我已经心满……意足了。我还觉得你……你不是一般的史前生命，你……你是……一个伟大的生命，伟大的人！"

　　这句话似乎把我们人类的一始一终拉近了。尽管他并不切确地知道我是谁，却使我对这个地球人非凡的悟性佩服至极！

　　欧亚说完这句话，病情转危。呼吸变得急促，眼睛失去光泽，我已经看不出他的目光注视哪里了。一个可怕的现象终于来临——就像他那个黄脸同伴死去的时候一样——他的身体竟然不可思议地一点点变薄，就像河水在降落，很快整个人变成一张薄片，一片遗落在地的枯叶。脑袋与双脚随之翘起，跟着是全身开始出现龟裂、剥落、粉化。在他扭动而变形的脸上，我看到一种令人汗毛竖立的笑颜。嘲弄又诡秘，乞求又绝望，惋惜又无奈。黄色尖脸人死前同样的表情又出现了。只听这一团怪诞又混乱的形象里，飘荡出一缕更细微的声音。这声音却有力地扎进我的耳鼓：

　　"求求你，转过身去，绝对不能再看了！"

　　我已经被这场面惊呆，灵魂出壳，只剩下躯体立在那里。直到听见欧亚的请求才明白过来，把身体和脸扭过去。却听到身后一片清脆的碎裂声，好像掰断木片的声音。这种死亡的声音真是难以想象！渐渐声音衰减并消失。我忽然激情涌动，我要去吻一下这即将诀别的朋友——最后一个地球人。哪怕他的模样会吓死我！我猛地转身俯下去吻他时，竟然惊奇地发现他不见了，地上只有一层焦黄的神秘的粉末！不等我明白过来，山高风急，很快就把这些粉末吹得踪迹全无。

地球又多了一块空白。这种奇异的感觉盖住我心底的悲哀。

就在这时候，我感到心脏猛然被急促地提起，直蹿出喉咙。一瞬间，心中变得一片空茫。跟着我感觉到——明明就在山崖那边的亚当，好像突然又失去了似的！

我要尽快到达山那边。迈开步子时只觉得脚腕发痒。低头看，咦，原来一些焦黄粉末在微风吹动中，组成一条软软的带子把我的脚腕挽住。我迟疑地怔住半天，不忍走开。等到再迈步，粉末才纷纷散落。

星期一

我感到了大事不妙。我相信自己的预感，特别是有关亚当的。他肯定出了什么事。

果然，我爬过那片高山，来到星际光船发射台上，根本没有亚当。只有一大片奇形怪状的建筑物，也不见任何别人，冷清得可怕！到处喷射的蓝色的浓烟，好像暗示着不久前发生过什么事。我抬头一看，一束金色的头发照亮了我的眼睛，它拴结在巨大无比的发射架上，随风款款飘动，十分美丽而柔情。它是亚当留给我的暗号！顺着这拴结着头发的发射架尖顶的指向望去，是幽晦莫测的宇宙深处。我腿一软坐在地上。我明白了！他已经飞往别的星球去了！

他为什么不等候我一道飞去？他明明知道我很快就到达他的身边，偏偏要先一步离我而去？到底由于他遇到什么难以对抗的事情相逼，是接受到神的特别紧迫的旨意，还是感应到我对欧亚的某种情感而心生妒忌，愤然地离去了？不，不管在什么情况下，亚当都会把我放在第一位。他不可能平静地离开他心爱的夏娃。他肯定遇到比自己的生命更重大的事情。比如有谁以我的生死胁迫他时，他才会做出如此非常的决定。他留下金发的暗号不就说明一切了吗？这缕金发分明是一个警报！那么他离开地球的一刹那，该是多么痛苦绝望！他一定把最后一声无边的哀号留在这空旷的山谷里了。

他肯定还会知道，我将永远被孤零零丢弃在这陌生的地球上——从生到死。

星期四

在刚进入东方时遭遇到的那浩瀚的洪流，十天前到达这里，它们冲过山谷，把庞大的发射台冲垮淹没。滚烫的水还将一些岩石溶化掉。我爬到那歪斜的发射架的顶部，惊惶万状地过了五天，直到大水过后才爬下来。但我不明白，这样爬上爬下有什么意义。

入夜，我躺在大山谷中一片高地上。四外漆黑空寥，只有极远的地方燃烧着大火，使得那边的地平线殷红发亮。由于太远，没有声音。天空上也没有声音，宏大而寂寥。我忽然从当头的夜空中看见几块极黑的空间，愈看愈远，原来那黑洞又出现了。极目望去，我清晰地看到一些星星在最深邃高远的地方闪耀，并且发现其中有一颗很亮的星星，淡淡发绿，那分明是一种令人神往的大自然的色泽，表明生命之所在！我隐隐感觉到，我的亚当就在那里。我还想，亚当一定能在那个崭新的星球上创造新的人类，神肯定会从他身上取一条肋骨，再造出一个"夏娃"来。

我已经疲惫至极，脚跟的伤口又开始肿胀疼痛，整个小腿微微变黄，我已经没有药物，也不想医治，深刻地感到自己的末日。我没有力气朝着亚当呼叫。否则我一定会叫出来——

不要叫人类再毁掉那个伊甸园吧！

散文

夕照透入书房

　　我常常在黄昏时分，坐在书房里，享受夕照穿窗而入带来的那一种异样的神奇。

　　此刻，书房已经暗下来。到处堆放的书籍文稿以及艺术品重重叠叠地隐没在阴影里。

　　暮时的阳光，已经失去了白日里的咄咄逼人；它变得很温和，很红，好像一种橘色的灯光，不管什么东西给它一照，全都分外的美丽。首先是窗台上那盆已经衰败的藤草，此刻像镀了金一样，蓬勃发光；跟着是书桌上的玻璃灯罩，亮闪闪的，仿佛打开了灯；然后，这一大片橙色的夕照带着窗棂和外边的树影，斑斑驳驳投射在东墙那边一排大书架上。阴影的地方书皆晦暗，光照的地方连书脊上的文字也看得异常分明。《傅雷文集》的书名是烫金的，金灿灿放着光芒，好像在骄傲地说：“我可以永存。”

怎样的事物才能真正地永存？阿房宫和华清池都已片瓦不留，李杜的名句和老庄的格言却一字不误地镌刻在每个华人的心里。世上延绵最久的还是非物质的——思想与精神。能够准确地记忆思想的只有文字。所以说，文字是我们的生命。

当夕阳移到我的桌面上，每件案头物品都变得妙不可言。一尊苏格拉底的小雕像隐在暗中，一束细细的光芒从一丛笔杆的缝隙中穿过，停在他的嘴唇之间，似乎想撬开他的嘴巴，听一听这位古希腊的哲人对如今这个混沌而荒谬的商品世界的醒世之言。但他口含夕阳，紧闭着嘴巴，一声不吭。

昨天的哲人只能解释昨天，今天的答案还得来自今人。这样说来，一声不吭的原来是我们自己。

陈放在桌上的一块四方的镇尺最是离奇。这个镇尺是朋友赠送给我的。它是一块纯净的无色玻璃，一条弯着尾巴的小银鱼被铸在玻璃中央。当阳光彻入，玻璃非但没有反光，反而由于纯度过高而消失了，只有那银光闪闪的小鱼悬在空中，无所依傍。它瞪圆眼睛，似乎也感到了一种匪夷所思。

一只蚂蚁从阴影里爬出来，它走到桌面一块阳光前，迟疑不前，几次刚把脑袋伸进夕阳里，又赶紧缩回来。它究竟畏惧这奇异的光明，还是习惯了黑暗？黑暗总是给人一半恐惧，一半安全。

人在黑暗外边感到恐惧，在黑暗里边反倒觉得安全。

夕阳的生命是有限的。它在天边一点点沉落下去，它的光却在我的书房里渐渐升高。短暂的夕照大概知道自己大限在即，它最后抛给人间的光芒最依恋也最夺目。此时，连我的书房的空气也是金红的。定睛细看，空气里浮动的尘埃竟然被它照亮。这些小得肉眼刚刚能看见的颗粒竟被夕阳照得极亮极美，它们在半空中自由、无声和缓缓地游弋着，好像徜徉在宇宙里的星辰。这是唯夕阳才能创造的境象——它能使最平凡的事物变得无比神奇。

在日落前的一瞬，夕阳残照已经挪到我书架最上边的一格。满室皆暗，只有书架上边无限明媚。那里摆着一只河北省白沟的泥公鸡。雪白的身子，彩色翅膀，特大的黑眼睛，威武又神气。这个北方著名的泥玩具之乡，至少有千年的历史，但如今这里已经变为日用小商品的集散地，昔日那些浑朴又迷人的泥狗泥鸡泥人全都了无踪影。可是此刻，这个幸存下来的泥公鸡，不知何故，对着行将熄灭的夕阳张嘴大叫。我的心已经听到它凄厉的哀鸣。这叫声似乎也感动了夕阳。一瞬间，高高站在书架上端的泥公鸡竟被这最后的阳光照耀得夺目和通红，好似燃烧了起来。

逼来的春天

那时，大地依然一派毫无松动的严冬景象，土地梆硬，树枝全抽搐着，害病似的打着冷战；雀儿们晒太阳时，羽毛乍开好像绒球，紧挤一起，彼此借着体温。你呢，面颊和耳朵边儿像要冻裂那样的疼痛……然而，你那冻得通红的鼻尖，迎着凛冽的风，却忽然闻到了春天的气味！

春天最先是闻到的。

这是一种什么气味？它令你一阵惊喜，一阵激动，一下子找到了明天也找到了昨天——那充满诱惑的明天和同样季节、同样感觉却流逝难返的昨天。可是，当你用力再去吸吮这空气时，这气味竟又没了！你放眼这死气沉沉冻结的世界，准会怀疑它不过是瞬间的错觉罢了。春天还被远远隔绝在地平线之外吧。

但最先来到人间的春意，总是被雄踞大地的严冬所拒绝、所稀释、所泯灭。正因为这样，每逢这春之将至的日子，人们会格外的兴奋、敏感和好奇。

如果你有这样的机会多好——天天来到这小湖边，你就能亲眼看到冬天究竟怎样退去，春天怎样到来，大自然究竟怎样完成这一年一度起死回生的最奇妙和最伟大的过渡。

但开始时，每瞧它一眼，都会换来绝望。这小湖干脆就是整整一块巨大无比的冰，牢牢实实，坚不可摧；它一直冻到湖底了吧？鱼儿全死了吧？灰白色的冰面在阳光反射里光芒刺目；小鸟从不敢在这寒气逼人的冰面上站一站。

逢到好天气，一连多天的日晒，冰面某些地方会融化成水，别以为春天就从这里开始。忽然一夜寒飙过去，转日又冻结成冰，恢复了那严酷肃杀的景象。若是风雪交加，冰面再盖上一层厚厚雪被，春天真像天边的情人，愈期待愈迷茫。

然而，一天，湖面一处，一大片冰面竟像沉船那样陷落下去，破碎的冰片斜插水里，好像出了什么事！这除非是用重物砸开的，可什么人、又为什么要这样做呢？但除此之外，并没发现任何异常的细节。那么你从这冰面无缘无故的坍塌中是否隐隐感到了什么……刚刚从裂开的冰洞里露出的湖水，漆黑又明亮，使你想起一双因为爱你而无限深邃又默默的眼睛。

这坍塌的冰洞是个奇迹，尽管寒潮来临，水面重新结冰，但在白日阳光的照耀下又很快地融化和洞开。冬的伤口难以愈合。冬的黑子出现了。

冬天与春天的界限是瓦解。

冰的坍塌不是冬的风景，而是隐形的春所创造的第一幅壮丽的图画。

跟着，另一处湖面，冰层又坍塌下去。一个、两个、三个……随后湖面中间闪现一条长长的裂痕，不等你确认它的原因和走向，居然又发现几条粗壮的裂痕从斜刺里交叉过来。开始这些裂痕发白，渐渐变黑，这表明裂痕里已经浸进湖水。某一天，你来到湖边，会止不住出声地惊叫起来，巨冰已经裂开！黑黑的湖水像打开两扇沉重的大门，把一分为二的巨冰推向两旁，终于袒露出自己阔大、光滑而迷人的胸膛……

这期间，你应该在岸边多待些时候。你就会发现，这漆黑而依旧冰冷的湖水泛起的涟漪，柔软又轻灵，与冬日的寒浪全然两样了。那些仍然覆盖湖面的冰层，不再光芒夺目，它们黯淡、晦涩、粗糙和发脏，表面一块块凹下去。有时，忽然"咔嚓"清脆的一响，跟着某一处，断裂的冰块应声漂移而去……尤其动人的，是那些在冰层下憋闷了长长一冬的大鱼，它们时而激情难捺，猛地蹦出水面，在阳光下银光闪烁打个"挺儿"，"哗啦"落入水中。你会深深感到，春天不是由远方来到眼前，不是由天外来到人间；它原是深藏在万物的生命之中的，它是从生命深处爆发出来的，它是生的欲望、生的能源与生的激情。它永远是死亡的背面。唯此，春天才是不可遏制的。它把酷烈的严冬作为自己的序曲，不管这序曲多么漫长。

追逐着凛冽的朔风的尾巴，总是明媚的春光；所有冻凝的冰的核儿，都是一滴春天的露珠；那封闭大地的白雪下边是什么？你挥动大帚，扫去白雪，一准是连天的醉人的绿意……

你眼前终于出现这般景象：宽展的湖面上到处浮动着大大小小的冰块。这些冬的残骸被解脱出来的湖水戏弄着，今儿推到湖这边儿，明日又推到湖那边儿。早来的候鸟常常一群群落在浮冰上，像乘载游船，欣赏着日渐稀薄的冬意。这些浮冰不会马上消失，有时还会给一场春寒冻结在一起，霸道地凌驾湖上，重温昔日威严的梦。然而，春天的湖水既自信又有耐性，有信心才有耐性。它在这浮冰四周，扬起小小的浪头，好似许许多多温和而透明的小舌头，去舔弄着这些渐软渐松渐小的冰块……最后，整个湖中只剩下一块肥皂大小的冰片片了，湖水反而不急于吞没它，而是把它托举在浪波之上，摇摇晃晃，一起一伏，展示着严冬最终的悲哀、无助和无可奈何……终于，它消失了。冬，顿时也消失于天地间。这时你会发现，湖水并不黝黑，而是湛蓝湛蓝。它和天空一样的颜色。

天空是永远宁静的湖水，湖水是永难平静的天空。

春天一旦跨到地平线这边来，大地便换了一番风景，明朗又朦胧。它日日夜夜散发着一种气息，就像青年人身体散发出的气息。清新的、充沛的、诱惑而撩人的，这是生命本身的气息。大地的肌肤——泥土，松软而柔和；树枝再不抽搐，软软地在空中自由舒展，那纤细的枝梢无风时也颤悠悠地摇动，招呼着一个万物萌芽的季节的到来。小鸟们不必再乍开羽毛，个个变得光溜精灵，在高天上扇动阳光飞翔……湖水因为春潮涨满，仿佛与天更近；静静的云，说不清在天上还是在水里……湖边，湿漉漉的泥滩上，那些东倒西歪的去年的枯苇棵里，一些鲜绿夺目、又尖又硬的苇芽，破土而出，愈看愈多，有的地方竟已簇密成片了。你真惊奇！在这之前，它们竟逃过你细心的留意，一旦发现即已充满咄咄的生气了！难道这是一夜春风、一阵春雨或一日春晒，便齐刷刷钻出地面？来得又何其神速！这分明预示着，大自然囚禁了整整一冬的生命，要重新开始新的一轮竞争了。而它们，这些碧绿的针尖一般的苇芽，不仅叫你看到了崭新的生命，还叫你深刻地感受到生命的锐气、坚韧、迫切，还有生命和春的必然。

苦夏

　　这一日，终于撂下扇子。来自天上干燥清爽的风，忽吹得我衣袂飞举，并从袖口和裤管钻进来，把周身滑溜溜地抚动。我惊讶地看着阳光下依旧夺目的风景，不明白数日前那个酷烈非常的夏天突然到哪里去了。

　　身居北方的人最大的福分，便是能感受到大自然的四季分明。我特别能理解一位新加坡朋友，每年冬天要到中国北方住上十天半个月，否则会一年里周身不适。好像不经过一次冷处理，他的身体就会发酵。他生在新加坡，祖籍中国河北；虽然人在"终年都是夏"的新加坡长大，血液里肯定还执着地潜在着大自然四季的节奏。

　　四季是来自于宇宙的最大的拍节。在每一个拍节里，大地的景观便全然变换与

各有各的活法

更新。四季还赋予地球以诗，故而悟性极强的中国人，在四言绝句中确立的法则是：起，承，转，合。这四个字恰恰就是四季的本质。起始如春，承续似夏，转变若秋，合拢为冬。合在一起，不正是地球生命完整的一轮？为此，天地间一切生命全都依从着这一拍节，无论岁岁枯荣与生死的花草百虫，还是长命百岁的漫漫人生。然而在这生命的四季里，最壮美和最热烈的不是这长长的夏么？

女人们孩提时的记忆散布在四季；男人们的童年往事大多是在夏天里。这由于，我们儿时的伴侣总是各种各样的昆虫。蜻蜓、天牛、蚂蚱、螳螂、蝴蝶、蝉、蚂蚁、蚯蚓，此外还有青蛙和鱼儿。它们都是夏日生活的主角；每种昆虫都给我们带来无穷的快乐。甚至我对家人和朋友们记忆最深刻的细节，也都与昆虫有关。比如妹妹一见到壁虎就发出一种特别恐怖的尖叫，比如邻家那个斜眼的男孩子专门残害蜻蜓，比如同班一个最好看的女生头上花形的发卡，总招来蝴蝶落在上边；再比如，父亲睡在铺了凉席的地板上，夜里翻身居然压死了一只蝎子。这不可思议的事使我感到父亲的无比强大。后来父亲写检查；我劝慰和宽解他，怕他自杀，替他写检查——那是我最初写作的内容之一。这时候父亲那种强大感便不复存在。生活中的一切事物，包括夏天的意味全都发生了变化。

在快乐的童年里，根本不会感到蒸笼般夏天的难耐与难熬。唯有在此后艰难的人生里，才体会到苦夏的滋味。快乐把时光缩短，苦难把岁月拉长，一如这长长的仿佛没有尽头的苦夏。但我至今不喜欢谈自己往日的苦楚与磨砺。相反，我却从中领悟到"苦"字的分量。苦，原是生活中的蜜。人生的一切收获都压在这沉甸甸的苦字的下边。然而一半的苦字下边又是一无所有。你用尽平生的力气，最终所获与初始时的愿望竟然去之千里。你该怎么想？

于是我懂得了这苦夏——它不是无尽头的暑热的折磨，而是我们顶着毒日头默默又坚忍的苦斗的本身。人生的力量全是对手给的，那就是要把对手的压力吸入自己的骨头里。强者之力最主要的是承受力。只有在匪夷所思的承受中才会感到自己属于强者，也许为此，我的写作一大半是在夏季。很多作家包括普希金不都是在爽朗而惬意的秋天里开花结果？我却每每进入炎热的夏季，反而写作力加倍地旺盛。我想，这一定是那些沉重的人生的苦夏，煅造出我这个反常的性格习惯。我太熟悉那种写作久了，汗湿的胳膊黏在书桌玻璃上的美妙无比的感觉。

在维瓦尔第的《四季》中，我常常只听"夏"的一章。它使我激动，胜过春之蓬发、秋之灿烂、冬之静穆。友人说"夏"的一章，极尽华丽之美。我说我从中感受到的，却是夏的苦涩与艰辛，甚至还有一点儿悲壮。友人说，我在这音乐情境里已经放进去太多自己的故事。我点点头，并告诉他我的音乐体验。音乐的最高境界是超越听觉；不只是它给你，更是你给它。

年年夏日，我都会这样体验一次夏的意义，从而激情迸发，心境昂然。一手撑着滚烫的酷暑，一手写下许多文字来。

今年我还发现，这伏夏不是被秋风吹去的，更不是给我们的扇子轰走的——

夏天是被它自己融化掉的。

因为，夏天的最后一刻，总是它酷热的极致。我明白了，它是耗尽自己的一切，才显示出夏的无边的威力。生命的快乐是能量淋漓尽致地发挥。但谁能像它这样，用一种自焚的形式，创造出这火一样辉煌的顶点？

于是，我充满了夏之崇拜！我要一连跨过眼前的辽阔的秋，悠长的冬和遥远的春，再一次邂逅你，我精神的无上境界——苦夏！

冬日絮语

　　每每到了冬日，才能实实在在触摸到了岁月。年是冬日中间的分界。有了这分界，便在年前感到岁月一天天变短，直到残剩无多！过了年忽然又有大把的日子，成了时光的富翁，一下子真的大有可为了。

　　岁月是用时光来计算的。那么时光又在哪里？在钟表上，日历上，还是行走在窗前的阳光里？

　　窗子是房屋最迷人的镜框。节候变换着镜框里的风景。冬意最浓的那些天，屋里的热气和窗外的阳光一起努力，将冻结在玻璃上的冰雪融化；它总是先从中间化开，向四边蔓延。透过这美妙的冰洞，我发现原来严冬的世界才是最明亮的。那一如人的青春的盛夏，总有阴影遮翳，葱茏却幽暗。小树林又何曾有这般光明？我忽

冬有冬的活法

然对老人这个概念生了敬意。只有阅尽人生，脱净了生命年华的叶子，才会有眼前这小树林一般明澈。只有这彻底的通彻，才能有此无边的安宁。安宁不是安寐，而是一种博大而丰实的自享。世中唯有创造者所拥有的自享才是人生真正的幸福。

朋友送来一盆"香棒"，放在我的窗台上说："看吧，多漂亮的大叶子！"

这叶子像一只只绿色光亮的大手，伸出来，叫人欣赏。逆光中，它的叶筋舒展着舒畅又潇洒的线条。一种奇特的感觉出现了！严寒占据窗外，丰腴的春天却在我的房中怡然自得。

自从有了这盆"香棒"，我才发现我的书房竟有如此灿烂的阳光。它照进并充满每一片叶子和每一根叶梗，把它们变得像碧玉一样纯净、通亮、圣洁。我还看见绿色的汁液在通明的叶子里流动。这汁液就是血液。人的血液是鲜红的，植物的血液是碧绿的，心灵的血液是透明的，因为世界的纯洁来自心灵的透明。但是为什么我们每个人都说自己纯洁，而整个世界却仍旧一片混沌呢？

我还发现，这光亮的叶子并不是为了表示自己的存在，而是为了证实阳光的明媚、阳光的魅力、阳光的神奇。任何事物都同时证实着另一个事物的存在。伟大的出现说明庸人的无所不在；分离愈远的情人，愈显示了他们的心丝毫没有分离；小人的恶言恶语不恰好表达你的高不可攀和无法企及吗？而骗子无法从你身上骗走的，正是你那无比珍贵的单纯。老人的生命愈来愈短，还是他生命的道路愈来愈长？生命的计量，在于它的长度，还是宽度与深度？

冬日里，太阳环绕地球的轨道变得又斜又低。夏天里，阳光的双足最多只是站在我的窗台上，现在却长驱直入，直射在我北面的墙壁上。一尊唐代的木佛一直伫立在阴影里沉思，此刻迎着一束光芒无声地微笑了。

阳光还要充满我的世界，它化为闪闪烁烁的光雾，朝着四周的阴暗的地方浸染。阴影又执着又调皮，阳光照到哪里，它就立刻躲到光的背后。而愈是幽暗的地方，愈能看见被阳光照得晶晶发光的游动的尘埃。这令我十分迷惑：黑暗与光明的界限究竟在哪里？黑夜与晨曦的界限呢？来自早醒的鸟第一声的啼叫吗……这叫声由于被晨露滋润而异样地清亮。

但是，有一种光可以透入幽闭的暗处，那便是从音箱里散发出来的闪光的琴音。鲁宾斯坦的手不是在弹琴，而是在摸索你的心灵；他还用手思索，用手感应，用手触动色彩，用手试探生命世界最敏感的悟性……琴音是不同的亮色，它们像明明灭灭、强强弱弱的光束，散布在空间！那些旋律片段好似一些金色的鸟，扇着翅膀，飞进布满阴影的地方。有时，它会在一阵轰响里，关闭了整个地球上的灯或者创造出一个辉煌夺目的太阳。我便在一张寄给远方的失意朋友的新年贺卡上，写了一句话：

　　你想得到的一切安慰都在音乐里。

冬日里最令人莫解的还是天空。

盛夏里，有时乌云四合，那即将被峥嵘的云吞没的最后一块蓝天，好似天空的一个洞，无穷地深远。而现在整个天空全成了这样，在你头顶上无边无际地展开！空阔、高远、清澈、庄严！除去少有的飘雪的日子，大多数时间连一点点云丝也没有，鸟儿也不敢飞上去，这不仅由于它冷冽寥廓，而是因为它大得……大得叫你一仰起头就感到自己的渺小。只有在夜间，寒空中才有星星闪烁。这星星是宇宙间点灯的驿站。万古以来，是谁不停歇地从一个驿站奔向下一个驿站？为谁送信？为了宇宙间那一桩永恒的爱吗？

我注视着冬天在大地上的脚步，看看它究竟怎样一步步、沿着哪个方向一直走到春天？

往事如『烟』

　　从家族史的意义上说，抽烟没有遗传。虽然我父亲抽烟，我也抽过烟，但在烟上我们没有基因关系。我曾经大抽其烟，我儿子却绝不沾烟，儿子坚定地认为不抽烟是一种文明。看来个人的烟史是一段绝对属于自己的人生故事。而且在开始成为烟民时，就像好小说那样，各自还都有一个"非凡"的开头。

　　记得上小学时，我做肺部的 X 光透视检查。医生一看我肺部的影像，竟然朝我瞪大双眼，那神气好像发现了奇迹。他对我说："你的肺简直跟玻璃的一样，太干净太透亮了。记住，孩子，长大可绝对不要吸烟！"

　　可是，后来步入艰难的社会。我从事仿制古画的单位倒闭。我必须为一家塑料印刷的小作坊跑业务，天天像沿街乞讨一样，钻进一家家工厂去寻找活计。而接洽业务，打开局面，与对方沟通，先要敬上一支烟。烟是市井中一把打开对方大门的钥匙。可最初我敬上烟时，却只是看着对方抽，自己不抽。这样反而倒有些尴尬。敬烟成了生硬的"送礼"。于是，我便硬着头皮开始了抽烟的生涯。为了敬烟而吸烟。应该说，我抽烟完全是被迫的。

儿时，那位医生叮嘱我的话，那句金玉良言，我至今未忘。但生活的警句常常被生活本身击碎。因为现实总是至高无上的。甚至还会叫真理甘拜下风。当然，如果说起我对生活严酷性的体验，这还只是九牛一毛呢！

古人以为诗人离不开酒，酒后的放纵会给诗人招来意外的灵感；今人以为作家的写作离不开烟，看看他们写作时脑袋顶上那纷纭缭绕的烟缕，多么像他们头脑中翻滚的思绪呵。但这全是误解！好的诗句都是在清明的头脑中跳跃出来的；而"无烟作家"也一样写出大作品。

他们并不是为了写作才抽烟。他们只是写作时也要抽烟而已。

真正的烟民全都是无时不抽的。

他们闲时抽，忙时抽；舒服时抽，疲乏时抽；苦闷时抽，兴奋时抽；一个人时抽，一群人更抽；喝茶时抽，喝酒时抽；饭前抽几口，饭后抽一支；睡前抽几口，醒来抽一支。右手空着时用右手抽，右手忙着时用左手抽。如果坐着抽，走着抽，躺着也抽，那一准是头一流的烟民。记得我在自己烟史的高峰期，半夜起来还要点上烟，抽半支，再睡。我们误以为烟有消闲、解闷、镇定、提神和助兴的功能，其实不然。对于烟民来说，不过是这无时不伴随着他们的小小的烟卷，参与了他们大大小小一切的人生苦乐罢了。

我至今记得父亲总躲在屋角不停地抽烟。那个浓烟包裹着的一动不动的蜷曲的身影，是我见到过的世间最愁苦的形象。烟，到底是消解了还是加重他了的忧愁和抑郁？

那么，人们的烟瘾又是从何而来？

烟瘾来自烟的魅力。我看烟的魅力，就是在你把一支雪白和崭新的烟卷从烟盒抽出来，性感地夹在唇间，点上，然后深深地将雾化了的带着刺激性香味的烟丝吸入身体而略感精神一爽的那一刻。即抽第一口烟的那一刻。随后，便是这吸烟动作的不断重复。而烟的魅力在这不断重复的吸烟中消失。

其实，世界上大部分事物的魅力，都在这最初接触的那一刻。

我们总想去再感受一下那一刻，于是就有了瘾。所以说，烟瘾就是不断燃起的"抽上一口"——也就是第一口烟的欲求。这第一口之后再吸下去，就成了一种毫无意义的习惯性的行为。我的一位好友张贤亮深谙此理，所以他每次点上烟，抽上两三口，就把烟按死在烟缸里。有人说，他才是最懂得抽烟的。他抽烟一如赏烟。并说他是"最高品位的烟民"。但也有人说，这第一口所受尼古丁的伤害最大，最具冲击性，所以笑称他是"自残意识最清醒的烟鬼"。但是，不管怎么样，烟最终留给我们的是发黄的牙和夹烟卷的手指，熏黑的肺，咳嗽和痰喘，还有难以谢绝的烟瘾本身。

父亲抽了一辈子烟。抽得够凶。他年轻时最爱抽英国老牌的"红光"，后来专抽"恒大"。有一段时间发给他的生活费只够吃饭，但他还是要挤出钱来，抽一种军绿色封皮的最廉价的"战斗牌"纸烟。如果偶尔得到一支"墨菊""牡丹"，便像今天中了彩那样，立刻眉开眼笑。这烟一直抽得他晚年患"肺气肿"，肺叶成了筒形，呼吸很费力，才把烟扔掉。

十多年前，我抽得也凶，尤其是写作中。我住在北京人民文学出版社写长篇时，四五个作家挤在一间屋里，连写作带睡觉。我们全抽烟，天天把小屋抽成一片云海。灰白色厚厚的云层静静地浮在屋子中间。烟民之间全是有福同享。一人有烟大家抽，抽完这人抽那人。全抽完了，就趴在地上找烟头。凑几个烟头，剥出烟丝，撕一条稿纸卷上，又一支烟。可有时晚上躺下来，忽然害怕桌上烟火未熄，犯起了神经质，爬起来查看查看，还不放心。索性把新写的稿纸拿到枕边，怕把自己的心血烧掉。

烟民做到这个份儿，后来戒烟的过程必然十分艰难。单用意志远远不够，还得使出各种办法对付自己。比方，一方面我在面前故意摆一盒烟，用激将法来捶打自己的意志；一方面在烟瘾上来时，又不得不把一支不装烟丝的空烟斗叼在嘴上。好像在戒奶的孩子的嘴里塞上一个奶嘴，致使来访的朋友们哈哈大笑。

只有在戒烟的时候，才会感受到烟的厉害。

最厉害的事物是一种看不见的习惯。当你与一种有害的习惯诀别之后，又找不到新的事物并成为一种习惯时，最容易出现的便是返回去。从生活习惯到思想习惯全是如此。这一点也是我在小说《三寸金莲》中"放足"那部分着意写的。

如今我已经戒烟十年有余。屋内烟消云散，一片清明，空气里只有观音竹细密的小叶散出的优雅而高逸的气息。至于架上的书，历史的界限更显分明：凡是发黄的书脊，全是我吸烟时代就立在书架上的；此后来者，则一律鲜明夺目，毫无污染。今天，写作时不再吸烟，思维一样灵动如水，活泼而光亮。往往看到电视片中出现一位奋笔写作的作家，一边皱眉深思，一边喷云吐雾，我会哑然失笑。并庆幸自己已然和这种糟糕的样子永久地告别了。

一个边儿磨毛的皮烟盒，一个老式的有机玻璃烟嘴，陈放在我的玻璃柜里。这是我生命的文物。但在它们成为文物之后，所证实的不仅仅是我做过烟民的履历，它还会忽然鲜活地把昨天生活的某一个画面唤醒，就像我上边描述的那种种的细节和种种的滋味。

去年，我去北欧。在爱尔兰首都都柏林的一个小烟摊前，忽然一个圆形红色的形象跳到眼中。我马上认出这是父亲半个世纪前常抽的那种英国名牌烟"红光"。一种十分特别和久违的亲切感拥到我的身上。我马上买了一盒。回津后，在父亲祭日那天，用一束淡雅的花衬托着，将它放在父亲的墓前。这一瞬竟叫我感到了父亲在世一般的音容，很生动，很贴近。这真是奇妙的事！虽然我明明知道这烟曾经有害于父亲的身体，在父亲活着的时候，我希望彻底撤掉它。但在父亲离去后，我为什么又把它十分珍惜地自万里之外捧了回来？

我明白了，这烟其实早已经是父亲生命的一部分。

从属于生命的事物，一定会永远地记忆着生命的内容，特别是在生命消失之后。我这句话是广义的。

物本无情，物皆有情，这两句话中间的道理便是本文深在的主题。

歪儿

　　那个暑假,天刚擦黑,晚饭吃了一半,
我的心就飞出去了。因为我又听到歪儿那
尖细的召唤声:"来玩踢罐电报呀——"

　　"踢罐电报"是那时男孩子们最喜欢
的游戏。它不单需要快速、机敏,还带着
挺刺激的冒险滋味。它的玩法又简单易学,
谁都可以参加。先是在街中央用白粉粗粗
画一个圈儿,将一个空洋铁罐儿摆在圈里,
然后大家聚拢一起"手心手背"分批淘汰,
最后剩下一个人坐庄。坐庄可不易,他必
须极快地把伙伴们踢得远远的罐儿拾回来,
放到原处,再去捉住一个乘机躲藏的孩子
顶替他,才能下庄;可是就在他四处去捉
住那些藏身的孩子时,冷不防从什么地方
会蹿出一人,"叭"地将罐儿叮里当啷踢得
老远,倒霉,又得重新开始⋯⋯一边要捉

各有各的活法

人，一边还得防备罐儿再次被踢跑，这真是个苦差事，然而最苦的还要算是歪儿！

歪儿站在街中央，寻着空铁罐左盼右盼，活像一个蒸熟了的小红薯。他细小，软绵绵，歪歪扭扭；眼睛总像睁不开，薄薄的嘴唇有点斜，更奇怪的是他的耳朵，明显的一大一小，像是父子俩。他母亲是苏州人，四十岁才生下这个有点畸形的儿子，取名叫"弯儿"。我们天天都能听到她用苏州腔呼唤儿子的声音，却把"弯儿"错听成"歪儿"。也许这"歪儿"更像他的模样。由于他身子歪，跑起来就打斜，玩踢罐电报便十分吃亏。可是他太热爱这种游戏了，他宁愿坐庄，宁愿徒自奔跑，宁愿一直累得跌跌撞撞……大家玩的罐儿还是他家的呢！

只有他家才有这装芦笋的长长的铁罐，立在地上很得踢，如果要没有这宝贝罐儿，说不定大家嫌他累赘，不带他玩了呢！

我家刚搬到这条街上来，我就加入了踢罐电报的行列，很快成了佼佼者。这游戏简直是就为我发明的——我的个子比同龄的孩子高一头，腿也几乎长一截，跑起来真像骑摩托送电报的邮差那样风驰电掣，谁也甭想逃脱我的追逐。尤其我踢罐儿那一脚，"叭"的一声过后，只能在远处朦胧的暮色里去听它叮里当啷的声音了，要找到它可费点劲呢！这时，最让大家兴奋的是瞅着歪儿去追罐儿那样子，他一忽儿斜向左，一忽儿斜向右，像个脱了轨而瞎撞的破车，逗得大家捂着肚子笑。当歪儿正要发现一个藏身的孩子时，我又会闪电般冒出来，一脚把罐儿踢到视线之外，可笑的场面便再次出现……就这样，我成了当然的英雄，得意非凡；歪儿怕我，见到我总是一脸懊丧。天天黄昏，这条小街上充满着我的迅猛威风和歪儿的疲于奔命。终于有一天，歪儿一屁股坐在白粉圈里，怏怏无奈地痛哭不止……他妈妈跑出来，操着纯粹的苏州腔朝他叫着骂着，扯他胳膊回家。这愤怒的声音里似乎含着对我们的谴责。我们都感觉自己做了什么不好的事，默默站了一会儿才散。

歪儿不来玩踢罐电报了。他不来，罐儿自然也变了，我从家里拿来一种装草莓酱的小铁罐，短粗，又轻，不但踢不远，有时还踢不上，游戏的快乐便减色许多。那么失去快乐的歪儿呢？我望着他家二楼那扇黑黑的玻璃窗，心想他正在窗后边眼巴巴瞧着我们玩吧！这时忽见窗子一点点开启，跟着一个东西扔下来。这东西掉在地上的声音那么熟悉、那么悦耳、那么刺激，原来正是歪儿那长长的罐儿。我的心头第一次感到被一种内疚深深地刺痛了。我迫不及待地朝他招手，叫他来玩儿。

歪儿回到了我们中间。

一切都奇妙又美好地发生了变化。大家并没有商定什么，却不约而同，齐心合力地等待着这位小伙伴了。大家尽力不叫他坐庄；有时他"手心手背"输了，也很快有人情愿被他捉住，好顶替他。大家相互配合，心领神会，作假成真。一次，我看见歪儿躲在一棵大槐树后边正要被发现，便飞身上去，一脚把罐儿踢得好远好远，解救了歪儿，又过去拉着他，急忙藏进一家院内的杂物堆里。我俩蜷缩在一张破桌案下边，紧紧挤在一起，屏住呼吸，却互相能感到对方的胸脯急促起伏，这紧张充满异常的快乐呵！我

各有各的活法

忽然见他那双眯缝的小眼睛竟然睁得很大，目光兴奋、亲热、满足，并像晨星一样光亮！原来他有这样一双又美又动人的眼睛。是不是每个人都有这样一双眼睛，就看我们能不能把它点亮。

花脸

做孩子的时候，盼过年的心情比大人来得迫切，吃穿玩乐花样都多，还可以把拜年来的亲友塞到手心里的一小红包压岁钱都积攒起来，做个小富翁。但对于孩子们来说，过年的魅力还有更一层深在的缘故，便是我要写在这几张纸上的。

每逢年至，小闺女们闹着戴绒花、穿红袄、嘴巴涂上浓浓的胭脂团儿；男孩子们的兴趣都在鞭炮上，我则不然，最喜欢的是买个花脸戴。这是种纸浆轧制成的面具，用掺胶的彩粉画上戏里边那些有名有姓、威风十足的大花脸。后边拴根橡皮条，往头上一套，自己俨然就变成那员虎将了。这花脸是依脸型轧的，眼睛处挖两个孔，可以从里边往外看。但鼻子和嘴的地方不通气儿，一戴上，好闷，还有股臭胶和纸浆的味儿；说出话来，声音变得低粗，却有大将威武不凡的气概，神气得很。

一年年根，舅舅带我去娘娘宫前年货集市上买花脸。过年时人都分外有劲，挤在人群里好费力，终于从挂满在一条横竿上的花花绿绿几十种花脸中，惊喜地发现一个。这花脸好大，好特别！通面赤红，一双墨眉，眼角雄俊地吊起，头上边凸起一块绿包头，长巾贴脸垂下，脸下边是用马尾做的很长的胡须。这花脸与那些愣头愣脑、傻头傻脑、神头鬼脸的都不一样。虽然毫不凶恶，却有股子凛然不可侵犯的庄重之气，咄咄逼人。叫我看得直缩脖子，要是把它戴在脸上，管叫别人也吓得缩脖子。我竟不敢用手指它，只是朝它扬下巴，说："我要那个大红脸！"

卖花脸的小罗锅儿，举竿儿挑下这花脸给我，龇着黄牙笑嘻嘻说："还是这小少爷有眼力，要做关老爷！关老爷还得拿把青龙偃月刀呢！我给您挑把顶精神的！"就着从戳在地上的一捆刀枪里，抽出一柄最漂亮的大刀给我。大红漆杆，金黄刀面，刀面上嵌着几块闪闪发光的小镜片，中间画一条碧绿的小龙，还拴一朵红缨子。这刀！这花脸！没想到一下得到两件宝贝。我高兴得只是笑，话都说不出。舅舅付了钱，坐三轮车回家时，我就戴着花脸，倚着舅舅的大棉袍执刀而立，一路引来不少人瞧我，特别是那些与我般般大的男孩子们投来艳羡的目光时，使我快活至极。舅舅给我讲了许多关公的故事，过五关、斩六将，温酒斩华雄。边讲边说："你好英雄呀！"好像在说我的光荣史。当他告我这把青龙偃月刀重八十斤，我简直觉得自己力大无穷。舅舅还教我用京剧自报家门的腔调说：

"我——姓关，名羽，字云长。"

到家，人人见人人夸，妈妈似乎比我更高兴。连总是厉害地板着脸的爸爸也含笑称我"小关公"。我推开人们，跑到穿衣镜前，横刀立马地一照，呀，哪里是小关公，我是大关公哪！

这样，整个大年三十我一直戴着花脸，谁说都不肯摘，睡觉时也戴它，还是睡着后我妈妈轻轻摘下放在我枕边的，转天醒来头件事便是马上戴上，恢复我这"关老爷"的本来面貌。

大年初一，客人们陆陆续续来拜年，妈妈喊我去，好叫客人们见识见识我这关老爷。我手握大刀，摇晃着肩膀，威风地走进客厅，憋足嗓门叫道："我——姓关，名羽，字云长。"

客人们哄堂大笑，都说："好个关老爷，有你守家，保管大鬼小鬼进不来！"

我越发神气，大刀呼呼抡两圈，摆个张牙舞爪的架势，逗得客人们笑个不停。只要客人来，妈妈就喊我出场表演。妈妈还给我换上只有三十夜拜祖宗时才能穿的那件青缎金花的小袍子。我成了全家过年的主角。连爸爸对我也另眼看待了。

我下楼一向不走楼梯。我家楼梯扶手是整根的光亮的圆木。下楼时便一条腿跨上去，"哧溜"一下滑到底。这时我就故意躲在楼上，等客人来突然由天而降，叫他们惊奇，效果会更响亮！

初一下午，来客进入客厅，妈妈一喊我，我跨上楼梯扶手飞骑而下，呜呀呀大叫一声闯进客厅，大刀上下一抡，谁知用力过猛，脚底没根，身子栽出去，"叭"地巨响，大刀正砍在花架上一尊插桃枝的大瓷瓶上，哗啦啦粉粉碎，只见瓷片、桃枝和瓶里的水飞向满屋，一个瓷片从二姑脸旁飞过，险些擦上了；屋内如淋急雨，所有人穿的新衣裳都是水渍；再看爸爸，他像老虎一样直望着我，哎哟，一根开花的小桃枝迎面飞去，正插在他梳得油光光的头发里。后来才知道被我打碎的是一尊祖传的乾隆官窑百蝶瓶，这简直是"死罪"！我坐在地上吓傻了，等候爸爸上来一顿狠狠的揪打。妈妈的神气好像比我更紧张，她一下抓不着办法救我，瞪大眼睛等待爸爸的爆发。

就在这生死关头，二姑忽然破颜而笑，拍着一双雪白的手说道：

"好呵，好呵，今年大吉大利，岁（碎）岁（碎）平安呀！哎，关老爷，干吗傻坐在地上，快起来，二姑还要看你耍大刀哪！"

谁知二姑这是使什么法术，绷紧的气势霎时就松开了。另一位姨婆马上应和说："旧的不去，新的不来，不除旧，不迎新。您等着瞧吧，今年非抱个大金娃娃不成，是吧！"她满脸欢笑朝我爸爸说，叫他应声。其他客人也一拥而上，说吉祥话，哄爸爸乐。

这些话平时根本压不住爸爸的火气，此刻竟有神奇的效力，迫使他不乐也得乐。过年乐，没灾祸。爸爸只得嘿嘿两声，点头说：

"呵，好、好、好……"

尽管他脸上的笑纹明显含着被克制的怒意，我却奇迹般地因此逃脱开一次严惩。妈妈对我丢了眼色，我立刻爬起来，拖着大刀，狼狈而逃。身后还响着客人们着意的拍手声、叫好声和笑声。

往后几天里，再有拜年的客人来，妈妈不再喊我，节目被取消了。我躲在自己屋里很少露面，那把大刀也掖在床底下，只是花脸依旧戴着，大概躲在这硬纸后边再碰到爸爸时有种安全感。每每从眼孔里望见爸爸那张阴沉含怒的脸，不再觉得自己是关老爷，而是个可怜虫了！

过了正月十五，大年就算过去了。我因为和妹妹争吃撤下来的祭灶用的糖瓜，被爸爸抓着腰提起来，按在床上死揍了一顿。我心里清楚，他是把打碎花瓶的罪过加在这件事上一起清算，因为他盛怒时，向我要来那把惹祸的大刀，用力折成段，大花脸也撕成碎片片。

从这事，我悟到一个祖传的概念：一年之中唯有过年这几天是孩子们的自由日，在这几天里无论怎样放胆去闹，也不会立刻得到惩罚。这便是所有孩子都盼望过年深在的缘故。当然那被撕碎的花脸也提醒我，在这有限的自由里可得勒着点自己，当心事后加倍地算账。

黄山绝壁松

黄山以石奇云奇松奇名天下。然而登上黄山，给我以震动的是黄山松。

黄山之松布满黄山。由深深的山谷至大大小小的山顶，无处无松。可是我说的松只是山上的松。

山上有名气的松树颇多。如迎客松、望客松、黑虎松、连理松等，都是游客们争相拍照的对象。但我说的不是这些名松，而是那些生在极顶和绝壁上不知名的野松。

黄山全是石峰。裸露的巨石侧立千仞，光秃秃没有土壤，尤其那些极高的地方，天寒风疾，草木不生，苍鹰也不去那里，一棵棵松树却破石而出，伸展着优美而碧绿的长臂，显示其独具的气质。世人赞叹它们独绝的姿容，很少去想在终年的烈日下或寒飙中，它们是怎样存活和生长的？

一位本地人告诉我，这些生长在石缝里的松树，根部能够分泌一种酸性的物质，腐蚀石头的表面，使其化为养分被自己吸收。为了从石头里寻觅生机，也为了牢牢抓住绝壁，以抵抗不期而至的狂风的撕扯与摧折，它们的根日日夜夜与石头搏斗着，最终不可思议地穿入坚如钢铁的石体。细心便能看到，这些松根在生长和壮大时常常把石头从中挣裂！还有什么树木有如此顽强的生命力？

我在迎客松后边的山崖上仰望一处绝壁，看到一条长长的石缝里生着一株幼小的松树。它高不及一米，却旺盛而又有活力。显然曾有一颗松籽飞落到这里，在这冰冷的石缝间，什么养料也没有，它却奇迹般生根发芽，生长起来。如此幼小的树也能这般顽强？这力量是来自物种本身，还是在一代代松树坎坷的命运中磨砺出来的？我想，一定是后者。我发现，山上之松与山下之松绝不一样。那些密密实实拥挤在温暖的山谷中的松树，干直枝肥，针叶鲜碧，慵懒而富态；而这些山顶上绝壁松却是枝干瘦硬，树叶黑绿，矫健又强悍。这绝壁之松是被恶劣与凶险的环境强化出来的。它遒劲和富于弹性的树干，是长期与风雨搏斗的结果；它远远地伸出的枝叶是为了更多地吸取阳光……这一代代艰辛的生存记忆，已经化为一种个性的基因，潜入绝壁松的骨头里。为此，它们才有着如此非凡的性格与精神。

它们站立在所有人迹罕至的地方。那些荒峰野岭的极顶，那些下临万丈的悬崖峭壁，那些凶险莫测的绝境，常常可以看到三两棵甚至只有一棵孤松，十分夺目地立在那里。它们彼此姿态各异，也神情各异，或英武，或肃穆，或孤傲，或寂寞。远远望着它们，会心生敬意；但它们——只有站在这些高不可攀的地方，才能真正看到天地的浩荡与博大。

于是，在大雪纷飞中，在夕阳残照里，在风狂雨骤间，在云烟明灭时，这些绝壁松都像一个个活着的人：像站立在船头镇定又从容地与激浪搏斗的艄公，战场上永不倒下的英雄，沉静的思想者，超逸又具风骨的文人……在一片光亮晴空的映衬下，它们的身影就如同用浓墨画上去的一样。

但是，别以为它们全像画中的松树那么漂亮。有的枝干被飓风吹折，暴露着断枝残干，但另一些枝叶仍很苍郁；有的被酷热与冰寒打败，只剩下赤裸的枯骸，却依旧尊严地挺立在绝壁之上。于是，一个强者应当有的品质——刚强、坚韧、适应、忍耐、奋取与自信，它全都具备。

现在可以说了，在黄山这些名绝天下的奇石奇云奇松中，石是山的体魄，云是山的情感，而松——绝壁之松是黄山的灵魂。

水墨文字

一

兀自飞行的鸟儿常常会令我感动。

在绵绵细雨中的峨眉山谷，我看见过一只黑色的孤鸟。它用力扇动着又湿又沉的翅膀，拨开浓重的雨雾和叠积的烟霭，艰难却直线地飞行着。我想，它这样飞，一定有着非同寻常的目的。它是一只迟归的鸟儿？迷途的鸟儿？它为了保护巢中的雏鸟还是寻觅丢失的伙伴？它扇动的翅膀，缓慢、有力、富于节奏，好像慢镜头里的飞鸟。它身体疲惫而内心顽强。它像一个昂扬而闪亮的音符在低调的旋律中穿行。

我心里忽然涌出一些片段的感觉，一种类似的感觉；那种身体劳顿不堪而内心的火犹然熊熊不息的感觉。

各有各的活法

后来我把这只鸟，画在我的一幅画中。

所以我说，绘画是借用最自然的事物来表达最人为的内涵。这也正是文人画的首要的本性。

二

画又是画家作画时的心电图。画中的线全是一种心迹。因为，唯有线条才是直抒胸臆的。

心有柔情，线则缠绵；心有怒气，线也发狂。心境如水时，一条线从笔尖轻轻吐出，如蚕吐丝，又如一串清幽的音色流出短笛。可是你有情勃发，似风骤至，不用你去想怎样运腕操笔，一时间，线条里的情感、力度乃至速度全发生了变化。

为此，我最爱画树画枝。

在画家眼里树枝全是线条；在文人眼里，树枝无不带着情感。

树枝千姿万态，皆能依情而变。树枝可仰，可俯，可疏，可繁，可争，可倚；唯此，它或轩昂，或忧郁，或激奋，或适然、或坚韧，或依恋……我画一大片木叶凋零而倾倒于泥泞中的树木时，竟然落下泪来。而每一笔斜拖而下的长长的线，都是这种伤感的一次宣泄与加深，以致我竟不知最初缘何动笔？

至于画中的树，我常常把它们当作一个个人物。它们或是一大片肃然站在那里，庄重而阴沉，气势逼人；或是七零八落，有姿有态，各不相同，带着各自不同的心情。有一次，我从画面的森林中发现一棵婆娑而轻盈的小白桦树。它娇小，宁静，含蓄；

那叶子稀少的树冠是薄薄的衣衫。作画时我并没有着意地刻画它。但此时，它仿佛从森林中走出来了。我忽然很想把一直藏在心里的一个少女写出来。

三

绘画如同文学一样，作品完成后往往与最初的想象全然不同。作品只是创作过程的结果。而这个过程却充满快感，其乐无穷。这快感包括抒发、宣泄、发现、深化与升华。

绘画比起文学更多的变数。因为，吸水性极强的宣纸与含着或浓或淡水墨的毛笔接触时，充满了意外与偶然。它在控制之中显露光彩，在控制之外却会现出神奇。在笔锋扫过之地方，本应该浮现出一片沉睡在晨雾中的远滩，可是感觉上却像阳光下摇曳的亮闪闪的荻花，或是一抹在空中散步的闲云？有时笔中的水墨过多过浓，天下的云向下流散，压向大地山川，慢慢地将山顶峰尖黑压压地吞没。它叫我感受到，这是天空对大地惊人的爱！但在动笔之前，并无如此的想象。到底是什么，把我们曾经有过的感受唤起与激发？

是绘画的偶然性。

然而，绘画的偶然必须与我们的心灵碰撞才会转化为一种独特的画面。

绘画过程中总是充满了不断的偶然，忽而出现，忽而消失。就像我们写作中那些想象的明灭，都是一种偶然。感受这种偶然是我们的心灵。将这种偶然变为必然的，是我们敏感又敏锐的心灵。

因为我们是写作人。我们有着过于敏感的内心。我们的心还积攒着庞杂无穷的人生感受。我们无意中的记忆远远多于有意的记忆；我们深藏心中人生的积累永远大于写在稿纸上的有限的素材。但这些记忆无形地拥满心中，日积月累，重重叠叠，谁知道哪一片意外形态的水墨，会勾出一串曾经牵肠挂肚的昨天？

然而，一旦我们捕捉到一个千载难逢的偶然。绘画的工作就是抓住它不放，将它定格，然后去确定它、加强它、深化它。一句话：

艺术就是将瞬间化为永恒。

四

纯画家的作画对象是他人；文人（也就是写作人）作画对象主要是自己。面对自己和满足自己。写作人作画首先是一种自言自语、自我陶醉和自我感动。

因此，写作人的绘画追求精神与情感的感染力；纯画家的绘画崇尚视觉与审美的冲击力。

纯画家追求技术效果和形式感，写作人则把绘画作为一种心灵工具。

五

一阵急雨沙沙有声落在纸上。那是我洒落在纸上的水墨。江中的小舟很快就被这阵蒙蒙雨雾所遮翳，只有桅杆似隐似现。不能叫这雨过密过紧，吞没一切。于是，一支蘸足清水的羊毫大笔挥去，如一阵风，掀起雨幕的一角，将另一只扁舟清晰地显露出来，连那个头顶竹笠、伫立船头的艄公也看得分外真切。一种混沌中片刻的清明，昏沉里瞬息的清醒。可是，跟着我又将一阵急雨似淋漓的水墨洒落纸上，将这扁舟的船尾遮蔽起来，只留下这瞬息显现的船头与艄公。

我作画的过程就像我上边文字所叙述的过程。我追求这个过程的一切最终全都保留在画面上，并在画面上能够体验到，这就是可叙述性。

写作的叙述是线性的，过程性的，一字一句，不断加入细节，逐步深化。

这里，我的《树后边是太阳》正是这样：大雪后的山野一片洁白，绝无人迹。如果没有阳光，一定寒冽又寂寥。然而，太阳并没有隐遁，它就在树林的后边。虽然看不见它灿烂夺目的本身，但它无比强烈的光芒却穿过树干与枝桠，照射过来，巨大的树影无际无涯地展开，一下子铺满了辽阔的雪原。

于是，一种文学性质需要说明白，就是我这里所说的叙述性。它不属于诗，而属于散文。那么绘画的可叙述也就是绘画的散文化。

六

最能寄情寓意的是大自然的事物。

比如前边所说树枝的线条可以直接抒发情绪。

再比如，这种种情绪还可以注入流水。无论它激扬、倾泻、奔流，还是流淌、潺缓、波澜不惊，全是一时的心绪。一泻万里如同浩荡的胸襟；骤然的狂波好似突变的心境；细碎的涟漪中夹杂着多少放不下的愁思？

至于光，它能使一切事物变得充满生命感，哪怕是逆光中的炊烟，一切逆光的树叶都胜于艳丽的花。这原因，恐怕还是因为一切生命都受惠于太阳，生命的一切物质含着阳光的因子。比如我们迎着太阳闭上眼，便会发现被太阳照透的眼皮里那种血色，通红透明，其美无比。

还有秋天的事物。一年四季里，唯有秋天是写不尽也画不尽的。春之萌动与锐气，夏之蓬勃与繁华，冬之萧瑟与寂寥，其实也都包括在秋天里。秋天的前一半衔接着夏天，后一半融入冬天。它本身又是大自然最丰饶的成熟期。故此，秋的本质是矛盾又斑斓，无望与超逸，繁华而短促，伤感而自足。

写作人的心境总是百感交集的。比起单纯的情境，他们一定更喜欢唯秋天才有的萧疏的静寂，温柔的激荡，甜蜜的忧伤，以及放达又优美的苦涩。

能够把一切人生的苦楚都化为一种美的只有艺术。

在秋天里，我喜欢芦花。这种在荒滩野水中开放的花，是大自然开得最迟的野花。它银白色的花有如人老了的白发，它象征着大自然一轮生命的衰老吗？如果没有染发剂，人间一定处处皆芦花。它生在细细的苇秆的上端，在日渐寒冽的风里不停地摇曳。然而，从来没有一根芦苇荻花是被寒风吹倒吹落的！还有，在漫长的夏天里，它从不开花，任凭人们漠视它，把它只当作大自然的芸芸众生，当作水边普普通通的野草。它却不在乎人们怎么看它，一直要等到百木凋零的深秋，才喷放出那穗样的毛茸茸的花来。没有任何花朵与它争艳。不，本来它的天性就是与世无争的。它无限的轻柔，也无限的洒脱。虽然它不停在风中摇动，但每一个姿态都自在，随意，绝不矫情，也不搔首弄姿。尤其在阳光的照耀下，它那么夺目和圣洁！我敢说，没有一种花能比它更飘洒、自由、多情，以及这般极致的美！也没有一种花比它更坚韧与顽强。它从不取悦于人，也从不凋谢摧折。直到河水封冻，它依然挺立在荒野上。它最终是被寒风一点点撕碎的。

在这永无定态的花穗与飘逸自由的茎叶中，我能获得多少人生的启示与人生的共鸣？

七

绘画的语言是可视的。

绘画的语言有两种。一是形式的，一种技术的。中国人叫作笔墨；现代人叫作水墨。

我更看重笔墨这种语言。

笔作用于纸，无论轻重缓急；墨作用于纸，无论浓淡湿枯——都是心情使然。

笔的老辣是心灵的枯涩，墨的溶化是情感的舒展；笔的轻淡是一种怀想，墨的浓重是一种撞击。故此，再好的肌理美如果不能碰响心里事物，我也会将它拒之于画外。

文学表达含混的事物，需要准确与清晰的语言；绘画表达含混的事物，却需要同样含混的笔墨。含混是一种视觉美，也是我们常在的一种心境。它暧昧、未明、无尽、嗫嚅、富于想象。如果写作人作画，便一定会醉心般地身陷其中。

八

我习惯写散文时，放一些与文章同种气质的音乐做背景。

那天，我在写一只搁浅于湖边的弃船在苦苦期待着潮汐。忽然，耳边听到潮汐之声骤起。当然这是音乐之声，是拉赫马尼诺夫的音乐吧！我看到一排排长长的深色的潮水迎面而来。它们卷着雪白的浪花，来自天边，其速何疾！一排涌过，又一排上来，向着搁浅的小船愈来愈近。雨点般的水点溅在干枯的船板上，扬起的浪头像伸过来的透明而急切的手。音乐的旋律一层层如潮地拍打我的心上。我紧张地捏着笔杆，心里激动不已，却不知该怎么写。

突然，我一推书桌，去到画室。我知道现在绘画已经是我最好的方式了。

我把白宣纸像月光一样铺在画案上，满满地刷上清水。然后，用一枝水墨大笔来回几笔，墨色神奇地洇开，顿时乌云满纸。跟着大笔落入水盂，笔中的余墨在盂中的清水里像烟一样地散开。我将一笔极淡的花青又窄又长地抹上去，让阴云之间留下一隙天空。随即另操起一支兼毫的长锋，重墨枯笔，捻动笔管，在乌云压迫下画出一排排翻滚而来的潮汐……笔中的水墨不时飞溅到桌上手背上；笔杆碰在盆子碟子上叮当有声。我已经进入绘画之中了。

待我画完这幅《久待》，面对画面，尚觉满意，但总觉还有什么东西深藏画中。沉默的图画是无法把这东西"说"出来的。我着意地去想，不觉拿起钢笔，顺手把一句话写在稿纸上：

"人生的大部分时间就像钓者那样守着一种美丽的空望。"

跟着，我就写了下去：

"期望没有句号。"

"美好的人生是始终坚守着最初的理想。"

"真正的爱情是始终恪守着最初的誓言。"

"爱比被爱幸福。"

于是，我又返回到文学中来。

我经常往返在文学与绘画之间，然而这是一种甜蜜的往返。

各有各的活法

致大海——

为冰心送行而作

今天是给您送行的日子，冰心老太太！

我病了，没去成，这也许会成为我终生的一个遗憾。但如果您能听到我这话，一准会说："是你成心不来！"那我不会再笑，反而会落下泪来。

十点整，这是朋友们向您鞠躬告别的时刻，我在书房一片散尾竹的绿影里跪伏下来，向着西北方向——您遥远的静卧的地方，恭敬地磕了三个头。然后打开音乐，凝神默对早已备置在案前的一束玫瑰。当然，这就是面对您。本来心里缭乱又沉重，但渐渐的我那特意选放的德彪西的《大海》发生了神奇的效力，涛声所至，愁云扩散。心里渐如海天一般辽阔与平静。于是您往日那些神气十足的音容笑貌全都呈现出来，而且愈来愈清晰，一直逼近眼前。

我原打算与您告别时，对您磕这三个头。当然，绝大部分人一定会诧异于我何以非要行此大礼。他们哪里知道这绝非一种传统方式，一种中国人极致的礼仪，而是我对您特殊的爱的方式，这里边的所有细节我全部牢牢记得。

　　二十世纪八十年代末，一个您生命的节日——十月五日。我在天津东郊一位农人家中，听说他家装了电话，还能挂长途，便抓起话筒拨通了您家。我对着话筒大声说：

　　"老太太，我给您拜寿了！"

　　您马上来了幽默。您说："你不来，打电话拜寿可不成。"您的口气还假装有点生气。但我却知道在电话那端，您一定在笑，我好像看见了您那慈祥的并带着童心的笑容。

　　为了哄您高兴。我说："我该罚，我在这儿给您磕头了！"

　　您一听果然笑了，而且抓着这个笑话不放，您说："我看不见。"

　　我说："我旁边有人，可以做证。"

　　您说："他们都是你一伙的，我不信。"

　　本来我想逗您乐，却被您逗得乐不可支。谁说您老，您的机敏和反应力能超过任何年轻人。我只好说："您把这笔账先记在本子上。等我和您见面时，保证补上。"

　　这便是磕头的来历，对不对？从此，它成了每次见面必说的一个玩笑的由头。只要说说这个笑话，便立即能感受到与您之间那种率真、亲切、又十分美好的感觉。

　　大约是一九九二年底，我在中国美术馆举办画展期间，和妻子顾同昭，还有三两朋友一同去看您。那天您特别爱说话，特别

189 / 各有各的活法

兴奋，特别精神；您一向底气深厚的嗓音由于提高了三度，简直洪亮极了。您说，前不久有一位大人物来看您，说了些"长寿幸福"之类吉祥话。您告诉他，您虽长寿，却不总是幸福的。您说自己的一生正好是"酸甜苦辣"四个字。跟着您把这四个字解释得明白有力，铮铮作响。

您说，您的少时留下许多辛酸——这是酸；青年时代还算留下一些甜美的回忆——这是甜；中年以后，苦不堪言——这是苦；您现在老了，但您现在却是——"姜是老的辣"。当您说到这个"辣"字时，您的脖子一梗。我便看到了您身上的骨气。老太太，那一刻您身上真是闪闪发光呢！

这话我当您的面是不会说的。我知道，您不喜欢听这种话，但我现在可以说了。

记得那天，您还问我："要是碰到大人物，你敢说话吗？"没等我说，您又进一步说道，"说话谁都敢，看你说什么。要说别人不敢说、又非说不可的话。冯骥才——你拿的工资可是人民给的，不是领导给的。领导的工资也是人民给的。拿了人民的钱就得为人民说话，不要怕！"

说完您还着意地看了我一眼。

老太太，您这一眼可好厉害。您似乎要把这几句话注入我的骨头里。但您知道吗？这也正是我总愿意到您那里去的真正缘故。

我喜欢您此时的样子，很气概，很威风，也很清晰。您吐字和您写字一样，一笔一画，从不含混。您一生都明达透彻，思想在脑海里如一颗颗美丽的石子沉在清亮见底的水中。您享受着清晰，从来不委身于糊涂。

再说那天，老太太！您怎么那么高兴。您把我妻子叫到跟前，您亲亲她，还叫我也亲亲她。大家全笑了。您把天堂的画面搬到大家眼前，融融的爱意使每一个人的心情都充满美好。于是在场朋友们说，冯骥才总说给冰心磕头拜寿，却没见过真的磕过头。您笑嘻嘻地说我："他是个口头革命派！"

我听罢，立即趴在地上给您磕了三个头。您坐在轮椅上无法阻拦我，但我听见您的声音："你怎么说来就来。"等我起身，见您被逗得正在止不住地笑，同时还第一次看到您挺不好意思的表情。我可不愿意叫您发窘。我说："照老规矩，晚辈磕头，得给红包。"

您想了想，边拉开抽屉，边说："我还真的有件奖品给你。今年过生日时，有人给我印了一种寿卡，凡是朋友来拜寿，我就送一张给他做纪念。我还剩点儿，奖给你一张吧！"

粉红色的卡片精美雅致，名片大小，上边印着金色的寿字，还有您的名字与生日。卡片的背面是您手书自己的那句座右铭："有了爱便有了一切。"

您说，这寿卡是编号的，限数一百。您还说，这是他们为了叫您长命百岁。

我接过寿卡一看，编号77，顺口说："看来我既活不到您这分量，也活不到您这岁数了。"

您说:"胡说。你又高又大,比我分量大多了。再说你怎么知道自己不长寿?"

我说:"编号一百是百岁,我这是77号,这说明我活七十七岁。"

您嗔怪地说:"更胡说了。拿来——"您要过我手中的寿卡,好像想也没想,拿起桌上的圆珠笔在编号每个"7"字横笔的下边,勾了半个小圈儿,马上变成99号了!您又写上一句"骥才万寿,冰心,1992.12.20"。

大家看了大笑,同时无不惊奇。您的智慧、幽默、机敏,令人折服。您的朋友们都常常为此惊叹不已!尽管您坐在轮椅上,您的思维之神速却敢和这世界上任何人赛跑。但对于我,从中更深深的感动则来自一种既是长者又是挚友的爱意。可使我一直不解的是,您历经那么多时代的不幸,对人间的诡诈与丑恶的体验较我深切得多,然而,您为何从不厌世,不避世,不警惕世人,却对人们依然始终紧拥不弃,痴信您那句常常会使自己陷入被动的无限美好的格言"有了爱便有了一切"?这到底是为了一种信念,还是一种天性使然?

我想到一件更远的事。

那时吴文藻先生还在世。那天是您和吴先生金婚的纪念日。我和楚庄、邓伟志等几位文友去看您。您那天新裤新褂,容光焕发;您总是这么神采奕奕,叫人家无论碰到怎样的打击也无法再垂头丧气。

那天聊天时,没等我们问您就自动讲起当年结婚时的情景。

您说，您和吴文藻度蜜月，是相约在北京西山的一个古庙里。

您当时的神气真像回到了六十年前——

您说，那天您在燕京大学讲完课，换一件干净的蓝旗袍，把随身用品包一个方方正正的小布包，往胳肢窝里一夹就去了。到了西山，吴文藻还没来——说到这儿，您还笑一笑说："他就这么糊涂！"

您等待时间长了，口渴了，便在不远的农户那儿买了几根黄瓜，跑到井边洗了洗，坐在庙门口高高的门槛上吃黄瓜，一时引得几个农家的女人来到庙前瞧新媳妇。这样直等到您的新郎吴文藻姗姗而来。

您结婚的那间房子是庙里后院的一间破屋，门关不上，晚上屋里经常跑大耗子，桌子有一条腿残了，晃晃荡荡。"这就是我们结婚的情景。"说到这儿，您大笑，很快活，弄不清您是自嘲，还是为自己当年的清贫又洒脱而扬扬自得。这时您话锋一转，忽问我："冯骥才，你怎么结的婚？"

我说："我还不如您哪。我是'文化大革命'时期结的婚！"

您听了一怔，便说："那你说说。"

我说那时我和未婚妻结婚没房子，街道赤卫队队长人还算不错，给我们一间几平方米的小屋。结婚那天，我和我爱人的全家去了一个小饭馆吃饭。我把仅有的几件衣服叠了叠，放在自行车后架上，但在路上颠掉了，结婚时两手空空。我们不敢说"庆祝"之类的话，大家压低嗓子说："祝贺你们！"然后不出声地碰一下杯子。

饭后我们就去那间小屋。屋里空荡荡，四个房角，看得见三个。床是用砖块和木板搭的。要命的是，我这间小屋在二楼，楼下得知楼上有人结婚，虽然没上来搜查盘问，却不断跑到院里往楼上吹喇叭，还一个劲儿打手电，电光就在我们天花板上扫来扫去。我们便和衣而卧。我爱人吓得靠在我胸前哆嗦了一个晚上。"这就是我们的新婚之夜！"我说。

我讲述这件事时，您听得认真又紧张。我想完事您一定会说出几句同情的话来。可是您却微笑又严肃地对我说："冯骥才，你可别抱怨生活，你们这样的结婚才能永远记得，大鱼大肉的结婚都是大同小异，过后是什么也记不住的。"

您的话使我出其不意。

一下子，您把我的目光从一片荆棘的困扰中引向一片大海。

哎哎，您没有把我送给您那幅关于海的画带走吧？

那幅画我可是特意为您画得那么小，您的房间太窄，没有挂大画的墙壁。但是您告诉我："只要是海，都是无边的大。"

我把您那本译作《先知》的封面都翻掉了。因此我熟悉您这种诗样的语言所裹藏的深邃的寓意。我送给您一幅画，您送给我这一句话。

我在那幅蓝色的画里，给您画了许多阳光；您在这个短句中，给了我无尽的放达的视野。

在与您的交往中，我懂得了什么是"大"。大，不是目空一切，不是做宏观状，不是超然世外，或从权力的高度俯视天下。人间的事物只要富于海的境界都可以既博大又亲近，既辽阔又丰盈。那便是大智，大勇，大仁，大义，大爱，与正大光明。

德彪西的《大海》全是画面。

被狂风掀起的水雾与低垂的阴云融成一片；雪色的排天大浪迸溅出的全是它晶莹透明的水珠。一束夕照射入它蓝幽幽的深处，加倍反映出夺目的光芒。瞬息间，整个世界全是细密的迷人的柔情的微波。大海中从无云影，只有阳光。这因为，它不曾有过瞬息的静止；它永远跃动不已的是那浩瀚又坦荡的生命。

这也正是您的海。我心里的您！

我忽然觉得，我更了解您。

我开始奇怪自己，您在世时，我不是对您已经十分熟悉与理解了吗？但为什么，您去了，反倒对您忽有所悟，从而对您认识更深，感受也更深呢？无论是您的思想、气质、爱，甚至形象，还有您的意义。这真是个神奇的感觉！于是，我不再觉得失去了您，而是更广阔又真切地拥有了您；我不再觉得您愈走愈远，却感到您从来没有像此刻这样的贴近。远离了大海，大海反而进入我的心中。我不曾这样为别人送行过。我实实在在是在享受着一种境界，并不知不觉在我心里响起少年时代记忆得刻骨铭心的普希金那首长诗《致大海》的结尾：

再见吧，大海！我永远不会忘记
你庄严的容光，

我将久久地久久地听着
你黄昏时分的轰响；
我的心将充满了你，
我将把你的山岩，你的海湾，
你的光和影，你浪花的喋喋，
带到森林，带到寂寞的荒原。

维也纳春天的三个画面

你一听到青春少女这几个字，是不是立刻想到纯洁、美丽、天真和朝气？如果是这样你就错了！你对青春的印象只是一种未做深入体验的大略的概念而已。青春，它是包含着不同阶段的异常丰富的生命过程。一个女孩子的十四岁、十六岁、十八岁——无论她外在的给人的感觉，还是内在的自我感觉，都绝不相同。就像春天，它的三月、四月和五月是完全不同的三个画面。你能从自己对春天的记忆里找出三个画面吗？

我有这三个画面。它不是来自我的故乡故土，而是在遥远的维也纳三次旅行中的画面定格，它们可绝非一般！在这个用音乐来召唤和描述春天的城市里，春天来得特别充分、特别细致、特别蓬勃，甚至特别震撼。我先说五月，再说三月，最后说四月，它们各有一次叫我的心灵感到过震动，并留下一个永远具有震撼力的画面。

五月的维也纳，到处花团锦簇，春意正浓。我到城市远郊的山顶上游玩，当晚被山上热情的朋友留下，住在一间简朴的乡村木屋里，窗子也是厚厚的木板。睡觉前我故意不关严窗子，好闻到外边森林的气味，这样一整夜就像睡在大森林里。转天醒来时，屋内竟大亮，谁打开的窗子？正诧异着，忽见窗前一束艳红艳红的玫瑰。谁放在那里的？走过去一看，呀，我怔住了，原来夜间窗外新生的一枝缀满花朵的红玫瑰，趁我熟睡时，一点点将窗子顶开，伸进屋来！它沾满露水，喷溢浓香，光彩照人；它怕吵醒我，竟然悄无声息地又如此辉煌地进来了！你说，世界上还有哪一个春天的画面更能如此震动人心？

那么，三月的维也纳呢？

这季节的维也纳一片空蒙。阳光还没有除净残雪，绿色显得分外吝啬。我在多瑙河边散步，从河口那边吹来的凉滋滋的风，偶尔会感到一点春的气息。此时的季节，就凭着这些许的春的泄露，给人以无限期望。我无意中扭头一瞥，看见了一个无论多么富于想象力的人也难以想象得出的画面——

几个姑娘站在岸边，她们正在一齐向着河口那边伸长脖颈，眯缝着眼，噘着芬芳的小嘴，亲吻着从河面上吹来的捎来春天的风！她们做得那么投入、倾心、陶醉、神圣，风把她们的头发、围巾和长长衣裙吹向斜后方，波浪似的飘动着。远看就像一件伟大的雕塑。这简直就是那些为人们带来春天的仙女啊！谁能想到用心灵的吻去迎接春天？你说，还有哪个春天的画面，比这更迷人、更诗意、更浪漫、更震撼？

我心中的画廊里，已经挂着维也纳三月和五月两幅春天的图画。这次恰好在四月里再次访维也纳，我暗下决心，无论如何也要找到属于四月这季节的同样强烈动人的春天杰作。

开头几天，四月的维也纳真令我失望。此时的春天似乎只是绿色连着绿色。大片大片的草地上，没有五月那无所不在的明媚的小花。没有花的绿地是寂寞的。我对驾着车一同外出的留学生小吕说：

"四月的维也纳可真乏味！绿色到处泛滥，见不到花儿，下次再来非躲开四月不可！"

小吕听了，就把车子停住，叫我下车，把我领到路边一片非常开阔的草地上，然后让我蹲下来扒开草好好看看。我用手拨开草一看，大吃一惊：原来青草下边藏了满满一层花儿，白的、黄的、紫的，纯洁、娇小、鲜亮，这么多、这么密、这么辽阔！它们比青草只矮几厘米，躲在草下边，好像只要一努劲，就会齐刷刷地全冒出来……

"得要多少天才能冒出来？"我问。

"也许过几天，也许就在明天。"小吕笑道，"四月的维也纳可说不准，一天换一个样儿。"

可是，当夜冷风冷雨，接连几天时下时停，太阳一直没露面儿。我很快就要离开这里去意大利了，便对小吕说：

"这次看不到草地上那些花儿了，真有点遗憾呢，我想它们刚冒出来时肯定很壮观。"

小吕驾着车没说话，大概也有些怏怏然吧。外边毛毛雨点把车窗遮得像拉了一道纱帘。可车子开出去十几分钟，小吕忽对我说："你看窗外——"隔过雨窗，看不清外边，但窗外的颜色明显地变了：白色、黄色、紫色，在窗上流动。小吕停了车，手伸过来，一推我这边的车门，未等我弄明白是怎么回事，便说：

"去看吧——你的花！"

迎着细密地、凉凉地吹在我脸上的雨点，我看到的竟是一片花的原野。这正是前几天那片千千万万朵花儿藏身的草地，此刻一下子全冒出来，顿时改天换地，整个世界铺满全新的色彩。虽然远处大片大片的花已经与蒙蒙细雨融在一起，低头却能清晰看到每一朵小花，在冷雨中都像英雄那样傲然挺立，明亮夺目，神气十足。我惊奇地想：它们为什么不是在温暖的阳光下冒出来，偏偏在冷风冷雨中拔地而起？小小的花居然有此气魄！四月的维也纳忽然叫我明白了生命的意味是什么？是——勇气！

这两个普通又非凡的字眼，又一次叫我怦然感到心头一震。这一震，便使眼前的景象定格，成为四月春天独有的壮丽的图画，并终于被我找到了。

拥有了这三幅画面，我自信拥有了春天，也懂得了春天。

燃烧的石头——罗丹的私人化雕塑

　　我第一次接触到罗丹的原作是在中国，时间为1992年。把罗丹的作品搬到东方文明的古国来展出，一时惊动了世界。前往中国美术馆的参观者人山人海，好像去看罗丹本人。我怀着景仰之情挤在人群里，伸头探颈去搜寻罗丹的每件传世名作。可是，这"第一次接触"给我的印象却十分意外。它真正震撼我的并不是那些举世皆知的名作《思想者》《巴尔扎克》《行走的人》和《加莱市民》等，而是一件洁白而透明的大理石双人小像——《吻》。

　　当然，我很早就从画集上见过这件雕塑，这赤裸的男女在相拥而吻的一瞬，和谐优美又充满激情地融为一体。我把它当作一种完美爱情的象征。然而，站在这雕塑面前，我却感到有一种私密的气氛笼罩

各有各的活法

着这两个纠缠着的男女，无法克制的情爱使他们的肉体在燃烧。跟着，一切生命的欲望全都集中在他们的嘴唇上来。这时我发现，他们的嘴唇并没有接触上，中间还有很小的一个空间。我围着这雕塑转了两三圈，我感到这小空间中似有一种无形的气流。一种热切和急促的气流。他们的嘴唇正在颤抖、发烫！我被这件作品所震撼。这不是冰冷的大理石雕，而是两个活生生的热血沸腾的生命；这不是爱情的象征，而是被情爱点燃的两个"具体的人"。他们是谁？这中间是不是潜藏着罗丹和他的情人卡米尔·克洛岱尔的那个美丽又残酷的故事？

从那时，我就很想去巴黎寻找答案了。

在巴黎，《吻》就放在罗丹美术馆里。

这座历史上叫作比隆别墅的美术馆曾是罗丹的故居。但它只是罗丹晚年的住所。1908年经奥地利诗人里尔克的推荐，罗丹才搬到这座典雅的豪宅中来。克洛岱尔从没到这里来过，她早在这之前就与罗丹决裂了。比隆别墅对于克洛岱尔和罗丹那场狂热又痛苦的恋爱全然不知。是呵，我在美术馆楼上楼下走来走去，感觉它什么也不能告诉我。

故而我看《吻》，竟不如在中国美术馆那样的震撼，为什么？我挺茫然。

可是，静下心再看美术馆大大小小的原作，吸引我的仍然是表现男女情爱的那些小像。有些小像是先前不曾见过的。罗丹怎么会有这么多这类题材的作品？只要专注地观看每一件作品，就会觉得掀开了遮挡罗丹私人生活帷幕的一角，一种幽邃的、私密的、生命深层的气息便透露出来。于是，渐渐觉得与先前从《吻》获取的那种感受又连接上了。

这时，两只手出现在我面前。一只是男人的，一只是女人的。只有这两只手，它们像是由一块石头里"冒"出来的。那男人的手横着伸过去，试探着，又大胆地去触摸女人的手。这是罗丹的作品《情人的手》。这《情人的手》如同《吻》那样——此刻身体的全部神经都跑到手上。手也在发抖和发烫。跟着同样是生命的燃烧。

但是对于爱情来说，"触"比"吻"的意义伟大得多。"触"是圣洁的身体语言的第一个字，它要用无比的勇气来表达。这轻轻地一触依靠的却是内心的千钧之力，它是一种伟大的起点和辉煌的诞生。于是，这《情人的手》比《吻》更具惊心动魄的力量。

谁能像罗丹如此敏锐地发现爱情中这最初的勾魂摄魄的一瞬？发现手的神圣的意义？发现手是心灵的触角？心灵中一切最细微、最真实的感觉全在手上。

罗丹说："如果一个人失去触觉，那么他就等于死了。触觉，这是唯一不可替代的感觉。"

他从哪里获得这样的神示？仅仅听凭一种天赋吗？

当然，这是迷人、性感和天才的克洛岱尔告诉他的。

其实，在罗丹第一次见到克洛岱尔时，就爱上了她。这一半由于她那带着野性的美，傲气十足的嘴，以及赤褐色头发下"绝代佳人"的前额和深蓝的眼睛，另一半则由于她罕见的才气。而同时，克洛岱尔也主动地向这位比自己年长二十四岁的男人敞开了自己纯净和贞洁的少女世界。这完全由于罗丹的天才。男人的魅力就是才华。罗丹的一切天生都从属于雕塑——他炯炯的目光，敏锐的感觉，深刻的思维，以及不可思议的手，全都为了雕塑，而且时时都闪耀出他超人的灵性与非凡的创造力。虽然当时罗丹还没有太大的名气，但他的才气已经咄咄逼人。于是，他们很快地相互征服。正当盛年的罗丹与洋溢着青春气息的克洛岱尔如同雨紧潮急，烈日狂风，一拥而入他们爱情的酷夏。同时，罗丹也开始了他艺术创作的黄金时代。

而对于克洛岱尔来说，她所做的，是投身到一场要付出一生代价的残酷的爱情游戏。因为，罗丹有他的长久的生活伴侣罗丝和儿子。但是已经跳进漩涡而又陶醉其中的克洛岱尔，不可能回到岸边来重新选择。这样，他们只有躲开众人的视线，在公开场合装作若无其事，然后寻找任何一个可能的机会，一点空间和时间，相互宣泄无法抑制的爱与无法克制的欲望。从学院街小理石仓库，到莺歌街的福里·纳布尔别墅，再到佩伊思园……在一个个工作室幽暗的角落里，躺椅上，满是泥土的地上，未完成的雕塑作品与零件中间，他们滚烫的肉体疯狂地纠结一起，她用沾着大理石碎屑的嘴唇吻他，他用满是石膏粉的手抚摸她——他们用极致的性爱快乐将爱情表达得无比丰盈与真实。虽然这长达十余年的爱恋，一直是私密的，东躲西藏，或隐或显地受着被旁人察觉的威胁，并不断地与不幸的罗丝发生冲突。她甚至从来没有在他身边过夜。但这反而使他们的爱更加充满渴望，充满偷吃禁果的强烈的快感，与压抑下爆发般的欢愉。

手是心之具。在他们自己并不十分自觉的情况下，已经把这一切用"会说话的手"捏进泥巴里，或用"有眼睛的锤子与凿子"有力地刻进石头中。

无论是罗丹的《晨曦》，还是克洛岱尔的《罗丹像》，都是热恋者心中的对方。《晨曦》中戴着睡帽的女子，明洁、纯净、高贵、朦胧，连皮肤的表面不都是充满了罗丹的无限的柔情吗？而风格刚毅和锐利的《罗丹像》，不就是克洛岱尔时时刻刻心中激荡着的形象？

在他们的作品中，各有一件"双人小像"，彼此十分相像。便是克洛岱尔的《沙恭达罗》和罗丹的《永恒的偶像》。这两件作品都是一个男子跪在一个女子面前。但认真一看，却分别是他们各自不同角度中的"自己与对方"。

在克洛岱尔的《沙恭达罗》中，跪在女子面前的男子，双手紧紧拥抱着对方，唯恐失去，仰起的脸充满爱怜。而此时此刻，女子的全部身心已与他融为一体。这件作品很写实，就像他们情爱中的一幕。

但在罗丹的《永恒的偶像》中，女子完全是另一种形象，她像一尊女神，男子跪在她脚前，轻轻地吻她的胸膛，倾倒于她，崇拜她，神情虔诚至极。罗丹所表现的则是克洛岱尔以及他们的爱情——在自己心中的至高无上的位置。

一件作品是入世的，血肉的，激情的；一件作品是神圣的，净化的，纪念碑式的。将这两件雕塑放在一起，就是从1885年至

各有各的活法

1898年最真实的罗丹与克洛岱尔。

可以说，这一开始，他们的爱情就进入了罗丹手中的泥土、石膏、大理石，并熔铸到了千古不变的铜里。

罗丹用泥土描述他抚摸过的美丽的肉体，以石膏再现那些炽烈乃至发狂的情感，用黝黑而发亮的铜张扬他勃发的雄性，并放纵石头去想象浪漫的情爱。这些雕塑是他们爱情的记录，也是爱情的梦想。克洛岱尔的面容、表情、姿态，身体上的那种无与伦比的"法兰西民族线条"，时时出现在他的作品中。他用手中的材料去复制她，体验她，怀念她，想象她，抚摸她。他用充满着她生命感觉的手去再造她。她与他的人生搅拌在一起，也与他的艺术熔化在一起。除去他明确地为她做了许多塑像，她还明明灭灭的出现在他广泛的雕塑中。

罗丹曾对克洛岱尔说：

"你被表现在我的所有雕塑中。"

从《沉思》《圣乔治》《法兰西》《康复中的女病人》《永远的春天》《占有》《逃逸的爱情》《众神的信使伊丽斯》《罗密欧与朱丽叶》《拥抱》到《罪》《圣安东尼的诱惑》《坏精灵》《亚当与夏娃》《转瞬即逝的爱情》等，可以看到克洛岱尔在爱情中的光彩，情感生活的千姿百态，以及性爱时肉体迷人的美。

这一切，都浸透了罗丹的激情。一切至美的形态，一切动人的线条，一切心神荡漾的意境，全是罗丹的感受与幻想。那种两情的缱绻、缠绵、牵挂和愉悦，以及两性的诱惑、追逐、快乐和狂乱，全都来自罗丹的心灵。

克洛岱尔几乎就是罗丹的一切。于是，我们也就明白，一位伟大的雕塑家为什么创作出如此数量惊人的私人化的作品。何况在《地狱之门》那数百个形象中，我们还可以辨认出克洛岱尔形形色色的身影。

进一步说，克洛岱尔不仅给他一个纯洁而忠贞的爱情世界，还让他感到生命自身的力量与真实，无论是肉体的、情感的、还是心灵的。

罗丹在雕塑史上的最重要的价值，是他把古希腊以来一直放置在高高基座上的英雄的雕像搬下来，还以生命的血肉与灵魂。他真切的爱情经历，身体的体验，灵魂的感受使他更加注目于生命个体的意义。故而，就使得他同时创作的《巴尔扎克》和《加莱市民》，都是"返回人间"的伟大的凡人。在罗丹美术馆里，我们能看到半裸的雨果和全裸的巴尔扎克，连巴尔扎克的生殖器也生机勃勃地暴露着。故此，这些作品面世之时，都引起不小的风波，受到公众审美习惯激烈的抵制与抨击。但是，当它们最终被人们心悦诚服地接受下来时，历史便迈出伟大的一步。但在这"历史的一步"中，他那些私人体验与私人化的雕塑起到了无形却至关重要的作用。

1900年以后，罗丹名扬天下的同时，克洛岱尔一步步走进人生日渐深浓的阴影里。

克洛岱尔不堪承受长期厮守在罗丹的生活圈外的那种孤单与

各有各的活法

无望，不愿意永远是"罗丹的学生"。她从与罗丹相爱那天就有"被抛弃的感觉"。她带着这种感觉与罗丹纠缠了十五年，最后精疲力竭，颓唐不堪，终于1898年离开罗丹，迁到蒂雷纳大街的一间破房子里，离群索居，拒绝在任何社交场合露面，天天默默地凿打着石头。尽管她极具才华，却没有足够的名气。人们仍旧凭着印象把她当作罗丹的一个弟子，所以她卖不掉作品，贫穷使她常常受窘并陷入尴尬，还要遭受雇来帮忙的粗雕工人的欺侮。这期间，罗丹已经日趋成功。他属于那种活着时就能享受到果实成熟的艺术家。他经历了与克洛岱尔那种迎风搏浪的爱情生活后，又返回平静的岸边，回到了在漫长人生之路上与他分担过生活重负与艰辛的罗丝身旁。他在默东买了大房子，过起富足的生活；并且又在巴黎买下了文艺复兴时期的豪宅比隆别墅，以应酬趋之若鹜的上流社会千奇百怪、光怪陆离的人物。这期间，还有几个情人进入了他华丽多彩的生活。当然，罗丹并没有忘记克洛岱尔。他与克洛岱尔的那场轰轰烈烈、电闪雷鸣的恋爱，是刻骨铭心的。他多次想帮助她，都遭到高傲的克洛岱尔的拒绝。他只有设法通过第三者在中间迂回，在经济上支援她，帮助她树立名气。但这些有限的支持都没有在克洛岱尔身上发生真正的效力。

在绝对的贫困与孤寂中，克洛岱尔真正感到自己是个被遗弃者了。渐渐地，往日的爱与赞美就化为怨恨。本来是个激情洋溢的性格，变得消沉下来。

1905年克洛岱尔出现妄想症。而且愈演愈烈。她常常与一切人断绝来往，一个人待在屋里。身体很坏，脾气乖戾，狂躁起来就将雕塑全部打碎。1913年3月3日克洛岱尔的父亲去世。克洛岱尔已经完全疯了。3月10日埃维拉尔城精神病院的救护车开到蒂雷纳大街六十六号，几位医院人员用力打开门，看见克洛岱尔脱光衣服、赤裸裸披头散发坐在那里，满屋全是打碎的雕像。他们只能动手给克洛岱尔穿上控制她行动的紧身衣，把她拉到医院关起来。

这一关，竟是三十年。克洛岱尔从此与雕刻完全断绝。艺术生命的心律变为平直。她在牢房似的病房中过着漫无际涯和匪夷所思的生活。她一直活到1943年，最后在蒙特维尔格疯人院中去世。她的尸体埋在蒙特法韦公墓为疯人院保留的墓地里。十字架上刻着的号码为1943–No.392。

在疯人院保留的关于克洛岱尔的档案中注明：克洛岱尔死时，没有财物，没有任何有价值的文件，甚至连一件纪念品也没留下。所以克洛岱尔认为罗丹把她的一切都掠夺走了。

在罗丹与克洛岱尔相爱的那些年，他们的作品风格惊人地相近。在克洛岱尔看来，罗丹"从她身上汲到不少东西去滋养了他的才能"。但那是些什么东西呢？其实那就是爱情！爱情不仅给了他们相同的激情与力量，还把他们的艺术语言奇迹般地同化了。那时，克洛岱尔不是感觉"我们惊人地相似，以致我们的手中再也产生不了任何题材新颖的作品了"吗？在那个伟大的时刻，他们从肉体、生命、精神到艺术全部融为一体。如果没有这爱情，克洛岱尔也创作不出《罗丹像》《沙恭达罗》和《窃窃私语》来！从这个意义上说，罗丹的全部私人化的作品都应是他们共同创造的。

克洛岱尔之后，那些走进罗丹情感世界的楚楚动人的女人，没有人再给他的生命注入同样的"核动力"了。他给法克斯夫人、格雯·约翰、埃莱娜·德·诺斯蒂丝、舒瓦瑟侯爵夫人等都塑过像，他也爱过这些"美人"。但绝对没有一个塑像能够像《吻》和《情人的手》等一大批作品那样令人震撼！

应该说，造就那些伟大艺术，甚至是造就罗丹的人——同时又是最大的牺牲者，应是克洛岱尔。

那么克洛岱尔本人留下了什么呢？

卡米尔·克洛岱尔的弟弟、作家保罗在她的墓前悲凉地说："卡米尔，您献给我的珍贵礼物是什么呢？仅仅是我脚下这一块空空荡荡的地方？虚无！一片虚无！"

可是，克洛岱尔葬身的这块墓地，后来由于政府的征用也彻底地平掉了。克洛岱尔已经无迹可寻。最后我们还是得回到她和罗丹的作品中。因为艺术家已经把他们的生命留在作品中了。

在克洛岱尔被关进疯人院的同一年，罗丹突然中风。这是巧合，还是一种神秘的生命感应，无从得知，也永无人知。

这一切便是一位大师真实的艺术与人生。

最后的凡·高

——1888年2月21日—1890年7月29日

我在广岛的原子弹灾害纪念馆中，见到一个很大的石件，上边清晰地印着一个人的身影。据说这个人当时正坐在广场纪念碑前的台阶上小憩。在原子弹爆炸的瞬间，一道无比巨大的强光将他的影像投射在这石头上，并深深印进石头里边。这个人肯定随着核爆炸灰飞烟灭，然而毁灭的同时却意外地留下一个匪夷所思的奇观。

毁灭往往会创造出奇迹。这在大地震后的唐山、火山埋没的庞贝城，以及奥斯威辛与毛特豪森集中营里我们都已经见过。这些奇迹全是悲剧性的，充满着惨烈乃至恐怖的气息。可是为什么凡·高却是一个空前绝后的例外，他偏偏在毁灭之中闪耀出无可比拟的辉煌？

各有各的活法

法国有两个不起眼的小地方，一直令我迷惑又神往。一个是巴黎远郊瓦涅河边的奥维尔，一个是远在南部普罗旺斯地区的阿尔，它们是凡·高近乎荒诞人生的最后两个驿站。阿尔是凡·高神经病发作的地方，奥维尔则是他疾病难捺、最后开枪自杀之处。但使人莫解的是，凡·高于1888年2月21日到达阿尔，12月发病，转年5月住进精神病院，一年后出院前往奥维尔，两个月后自杀。这前前后后只有两年！然而他一生中最杰出的作品却差不多都在这最后两年、最后两个地方，甚至是在精神病反反复复发作中画的。为什么？

　　于是，我把这两个地方"两点一线"串联起来。先去普罗旺斯的阿尔去找他那个"黄色小屋"，还有圣雷米精神病院；再回到巴黎北部的奥维尔，去看他画过的那里的原野，以及他的故居、教堂和最终葬身的墓地。我要在法国的大地上来来回回跑一千多千米，去追究一下这个在艺术史上最不可思议的灵魂。我要弄个明白。

　　在凡·高来到阿尔之前，精神系统里已经潜伏着发生错乱和分裂的可能。这位有着来自母亲家族的神经病基因的荷兰画家，孤僻的个性中包藏着脆性的敏感与烈性的张力。他绝对不能与社会及群体相融，耽于放纵的思索，孤军奋战那样地在一己的世界中为所欲为。然而，没有人会关心这个在当时还毫无名气的画家的精神问题。

　　在世人的眼里，一半生活在想象天地里的艺术家们，本来就是一群"疯子"。故此，不会有人把他的喜怒无常、易于激动、抑郁寡言看作一种精神疾病早期的作怪。他的一位画家朋友纪约曼回忆他突然激动起来的情景时说："他为了迫不及待地解释自己的看法，竟脱掉衣服，跪在地上，无论怎样也无法使他平静下来。"

这便是巴黎时期的凡·高。最起码他已经是非常的神经质了。

凡·高于1881年11月在莫弗指导下画成第一幅画。但是此前此后，他都没有接受过任何系统性的绘画训练。1886年2月他为了绘画来到巴黎。这时他还没有确定的画风。他崇拜德拉克洛瓦、米勒、罗梭，着迷于正在巴黎走红的点彩派的修拉，还有日本版画。这期间他的画中几乎谁的成分都有。如果非要说出他的画有哪些特征是属于自己的，那便是一种粗犷的精神与强劲的生命感。而这时，他的精神疾病就已经开始显露出端倪——

1886年他刚来到巴黎时，大大赞美巴黎让他头脑清晰，心情舒服无比。经他做画商的弟弟迪奥介绍，他加入了一个艺术团体，其中有印象派画家莫奈、德加、毕沙罗、高更等，也有小说家左拉和莫泊桑。这使他大开眼界。但一年后，他便厌烦了巴黎的声音，对周围的画家感到恶心，对身边的朋友愤怒难忍。随后他觉得一切都混乱不堪，根本无法作画，他甚至感觉巴黎要把他变成"无可救药的野兽"。于是他决定"逃出巴黎"，去南部的阿尔！

1888年2月他从巴黎的里昂车站踏上了南下的火车。火车上没有一个人知道他的名字，更不会有人知道这个人不久就精神分裂，并在同时竟会成为世界美术史上的巨人。

我从马赛出发的时间接近中午。当车子纵入原野，我忽然明白了一百年前——初到阿尔的凡·高那种"空前的喜悦"由何而来。普罗旺斯的太阳又大又圆，在世界任何地方都见不到这样大的太阳。它距离大地很近，阳光直射，不但照亮也照透了世上的一切，也使凡·高一下子看到了万物的本质——一种通透的、灿烂的、蓬勃的生命本质。他不曾感受到生命如此的热烈与有力！他在给弟弟迪奥的信中，上百次地描述太阳带给他的激动与灵感。而且他找到了一种既属于阳光也属于他自己的颜色——夺目的黄色。他说："铬黄的天空，明亮得几乎像太阳。太阳本身是一号铬黄加白。天空的其他部分是一号和二号铬黄的混合色。它们黄极了！"这黄色立刻改变了凡·高的画，也确立了他的画风！

大太阳的普罗旺斯使他升华了。他兴奋至极。于是，他马上想到把他的好朋友高更拉来。他急渴渴要与高更一起建立起一间"未来画室"。他幻想着他们共同和永远地使用这间画室，并把这间画室留给后代，留给将来的"继承者们"。他心中充满一种壮美的事业感。他真的租了一间房子，买了几件家具，还用他心中的黄色将房子的外墙漆了一遍。此外又画了一组十几幅《向日葵》挂在墙上，欢迎他所期待的朋友的到来。这种吸满阳光而茁壮开放的粗大花朵，这种"大地的太阳"，正是他一种含着象征意味的自己。

在高更没有到来之前，凡·高生活在一种浪漫的理想里。他被这种理想弄得发狂。这是他一生最灿烂的几个月。他的精神快活，情绪亢奋。他甚至喜欢上阿尔的一切：男女老少，人人都好。他为很多人画了肖像，甚至还用高更的笔法画了一幅《阿尔的女人》。

凡·高在和他的理想恋爱。于是这期间，他的画——比如《繁花盛开的果园》《沙滩上的小船》《朗卢桥》《圣玛丽的农舍》《罗纳河畔的星夜》等，全都出奇地宁静、明媚与柔和。对于凡·高本人的历史，这是极其短暂又特殊的一个时期。

其实从骨子里说，所有的艺术家都是一种理想主义者，或者说理想才是艺术的本质。但危险的是，他把另一个同样极有个性的画家——高更，当作了自己理想的支柱。

在去往阿尔的路上，我们被糊里糊涂的当地人指东指西地误导，待找到拉马丁广场，已经完全天黑。这广场很大，圆形的，外边是环形街道，再外边是一圈矮矮的小房子。黑黑的，但全都亮着灯。几个开阔的路口，通往四外各处。我们四下去打听拉马丁广场二号——凡·高的那个黄色的小楼。但这里的人好像还是一百年前的阿尔人，全都说不清那个叫什么凡·高的人的房子究竟在哪里。最后问到一个老人，那老人苦笑一下，指了指远处一个路口便走了。

我们跑到那里，空荡荡一无所有。仔细找了找，却见一个牌子立着。呀，上边竟然印着凡·高的那幅名作《在阿尔的房子》——正是那座黄色的小楼！然而牌子上的文字却说这座小楼早在"二战"期间毁于战火。我们脚下的土地就是黄色小楼的遗址。这一瞬，我感到一阵空茫。我脑子里迅速掠过1888年冬天这里发生过的事——高更终于来到这里。但现实总是破坏理想的。把两个个性极强的艺术家放在一起，就像把两匹烈马放在一起。两人很快就意见相左，跟着从生活方式到思想见解全面发生矛盾，于是天天争吵，时时酝酿着冲突，并发展到水火不容的境地。于是理想崩溃了。那个梦幻般的"未来画室"彻底破灭。潜藏在凡·高身上的精神病终于发作。他要杀高更。在无法自制的狂乱中，他割下自己的耳朵。随后是高更返回巴黎，凡·高陷入精神病中无法自拔。他的世界就像现在我眼前的阿尔，一片深黑与陌生。

我同来的朋友问："还去看圣雷米修道院里的那个精神病院吗？不过现在太黑，去了恐怕什么也看不见。"

我说："不去了。"我已经知道，那座将凡·高像囚徒般关闭了一年的医院，究竟是什么气息了。

在凡·高一生写给弟弟迪奥的八百封信件里，使我读起来感到最难受的内容，便是他与迪奥谈钱。迪奥是他唯一的知音和支持者。他十年的无望的绘画生涯全靠着迪奥在经济上的支撑。迪奥是个小画商，手头并不宽裕，尽管每月给凡·高的钱非常有限，却始终不弃地来做这位用生命祭奠艺术的兄长的后援。这就使凡·高终生被一种歉疚折磨着。他在信中总是不停地向迪奥讲述自己怎样花钱和怎样节省，解释生活中哪些开支必不可少，报告他口袋里可怜巴巴的钱数。他还不断地做出保证，绝不会轻易糟蹋掉迪奥用辛苦换来的每一个法郎。如果迪奥寄给他的钱迟了，他会非常为难地诉说自己的窘境。说自己怎样在用一杯又一杯的咖啡，灌满一连空了几天的肚子；说自己连一尺画布也没有了，只能用纸来画速写或水彩。当他被贫困逼到绝境的时候，他会恳求地说："我的好兄弟，快寄钱来吧！"

但每每这个时候，他总要告诉迪奥，尽管他还没有成功，眼下他的画还毫不值钱，但将来一定有一天，他的画可以卖到二百法郎一幅。他说那时"我就不会对吃喝感到过分耻辱，好像有吃喝的权利了"。

他向迪奥保证他会愈画愈好。他不断地把新作寄给迪奥来作为一种"抵债"。他说将来这些画可以使迪奥获得一万法郎。他用这些话鼓舞弟弟，他害怕失去支持，当然他也在给自己打气。因为整个世界没有一个人看上他的画。但今天——特别是商业化的今天，为什么凡·高每一个纸片反倒成了"全人类的财富"？难道商业社会对于文化不是充满了无知与虚伪吗？

故此在他心中，苦苦煎熬着的是一种自我的怀疑。他对自己"去世之后，作品能否被后人欣赏"毫无把握，他甚至否认成功的价值乃至绘画的意义。好像只有否定成功的意义，才能使失落的自己获得一点虚幻的平衡。自我怀疑，乃是一切没有成功的艺术家最深刻的痛苦。他承认自己"曾经给一种不可抗拒的力量挫败过"。在这种时候，他便对迪奥说："我宁愿放弃画画，不愿看着你为我赚钱而伤害自己的身体！"

他一直这样承受着精神与物质的双重的摧残。

可是，在他"面对自然的时候，画画的欲望就会油然而生"。在阳光的照耀下，世界焕发出美丽而颤动的色彩，全都涌入他的眼睛；天地万物勃发的生命激情，令他震栗不已。这时他会不顾一切地投入绘画，直至挤尽每一支铅管里的油彩。

当他在绘画时，会充满自信，忘乎所以，为所欲为；当他走出绘画回到了现实，就立刻感到茫然，自我怀疑，自我否定。他终日在这两个世界中来来回回地往返。所以他的情绪大起大落。他在这起落中大喜大悲，忽喜忽悲。

从他这大量的"心灵的信件"中，我读到——

他最愿意相信的话是福楼拜说的："天才就是长期的忍耐。"

他最想喊叫出来的一句话是："我要作画的权利！"

他最现实的呼声是："如果我能喝到很浓的肉汤，我的身体马上会好起来！当然，我知道，这种想法很荒唐。"

如果着意地去寻找，会发现这些呼喊如今依旧还在凡·高的画里。

凡·高于1888年12月23日发病后，病情时好时坏，时重时轻，一次次住进医院。这期间他会忽然怀疑有人要毒死他，或者在同人聊天时，端起调颜色的松节油要喝下去，后来他发展到在作画的过程中疯病突然发作。1889年5月他被送进离阿尔一公里的圣雷米精神病院，成了彻头彻尾的精神病人。但就在这时，奇迹出现了。凡·高的绘画竟然突飞猛进，风格迅速形成。然而这奇迹的代价却是一个灵魂的自焚。

他的大脑弥漫着黑色的迷雾，时而露出清明，时而一片混沌。他病态的神经日趋脆弱，乱作一团的神经刚刚出现一点头绪，忽然整个神经系统全部爆裂，乱丝碎絮般漫天狂舞。在贫困、饥饿、孤独和失落之外，他又多了一个恶魔般的敌人——精神分裂。这个敌人巨大、无形、桀骜、骄横，来无影去无踪，更难于对付。他只有抓住每一次发病后的"平静期"来作画。

在他生命最后一年多的时间，他被这种精神错乱折磨得痛不欲生，没有人能够理解。因为真正的理解只能来自自身的体验。癫痫、忧郁、幻觉、狂乱，还有垮掉了一般的深深的疲惫。他几次在"灰心到极点"时都想到了自杀。同时又一直否定自己真正有病来平定自己。后来他发现只有集中精力，在画布上解决种种艺术的问题时，他的精神才会舒服一些。他就拼命并专注地作画。他在阿尔患病期间作画的数量大得惊人。一年多，他画了二百多幅作品。但后来愈来愈频繁的发病，时时中断了他的工作。他在给迪奥的信中描述过：他在画杏花时发病了，但是病好转之后，杏花已经落光。神经病患者最大的痛苦是在清醒过来之后。他害怕再一次发作，害怕即将发作的那种感觉，更害怕失去作画的能力。他努力控制自己"不把狂乱的东西画进画中"。他还说，他已经感受到"生之恐怖"！这"生之恐怖"便是他心灵最早发出的自杀的信号！

然而与之相对的，却是他对艺术的爱！在面对不可遏止的疾病的焦灼中，他说："绘画到底有没有美，有没有用处，这实在令人怀疑。但是怎么办呢？有些人即使精神失常了，却仍然热爱着自然与生活，因为他是画家！""面对一种把我毁掉的、使我害怕的病，我的信仰仍然不会动摇！"

这便是一个神经错乱者最清醒的话。他甚至比我们健康人更清醒和更自觉。

凡·高的最后一年，他的精神世界已经完全破碎。一如大海，风暴时起，颠簸倾覆，没有多少平稳的陆地了。特别是他出现幻觉的症状之后（1889年2月），眼中的物象开始扭曲、游走、变形。他的画变化得厉害。一种布满画面蜷曲的线条，都是天地万物运动不已的轮廓。飞舞的天云与树木，全是他内心的狂飙。这种独来独往的精神放纵，使他的画显示出强大的主观性，一下子，他就从印象派画家马奈、莫奈、德加、毕沙罗等所受的客观的和视觉的约束中解放出来。但这不是理性的自觉，而恰恰是精神病发作所致。奇怪的是，精神病带来的改变竟是一场艺术上的革命，印象主义一下子跨进它光芒四射的后期。这位精神病患者的画非但没有任何病态，反而迸发出巨大的生命热情与健康的力量。

对于凡·高这位来自社会底层的画家，他一生都在对米勒崇拜备至。米勒对大地耕耘者淳朴的颂歌，唱彻了凡·高整个艺术生涯。他无数次地去画米勒《播种者》那个题材。因为这个题材最本质地揭示着大地生命的缘起。故此，燃起他艺术激情的事物，一直都是阳光里的大自然，朴素的风景，长满庄稼的田地，灿烂的野花、村舍，以及身边寻常和勤苦的百姓们。他一直呼吸着这生活的元气，并将自己的生命与这世界上最根本的生命元素融为一体。

当患病的凡·高的精神陷入极度的亢奋中，这些生命便在他眼前熊熊燃烧起来，飞腾起来，鲜艳夺目，咄咄逼人。这期间使他痴迷并一画再画的丝杉，多么像一种从大地冒出来的巨大的生命火焰！这不正是他内心一种生命情感的象征吗？精神病非但没有毁掉凡·高的艺术，反而将他心中全部能量一起爆发出来。

或者说，精神病毁掉了凡·高本人，却成就了他的艺术。这究竟是一种幸运，还是残酷的毁灭？

匪夷所思的是，这种精神病的程度"恰到好处"。他在神智上虽然颠三倒四，但色彩的法则却一点不乱。他对色彩的感觉甚至都是精确至极。这简直不可思议！就像双耳全聋的贝多芬，反而创作出博大、繁复、严谨、壮丽的《第九交响乐》。是谁创造了这种艺术史的奇迹和生命的奇迹？

倘若他病得再重一些，全部陷入疯狂，根本无法作画，美术史便绝不会诞生出凡·高来；倘若他病得轻一些，再清醒和理智一些呢？当然，也不会有现在这个在画布上电闪雷鸣的凡·高了。

它叫我们想起，大地震中心孤零零竖立的一根电杆，核爆炸废墟中唯一矗立的一幢房子。当他整个神经系统损毁了，唯有那根艺术的神经却依然故我。

这一切，到底是生命与艺术共同的偶然，还是天才的必然？

1890年5月凡·高到达巴黎北郊的奥维尔。在他生命最后的两个月里，他贫病交加，一步步走向彻底的混乱与绝望。他这期间所画的《奥维尔的教堂》《有杉树的道路》《蒙塞尔的茅屋》等，已经完全是神经病患者眼中的世界。一切都在裂变、躁动、飞旋与不宁。但这种听凭病魔的放肆，却使他的绘画达到绝对的主观和任性。我们健康人的思维总要受客观制约，神经病患者的思维则完全是主观的。于是他绝世的才华，刚劲与烈性的性格，艺术的天性，得到了最极致的宣泄。一切先贤偶像、艺术典范、惯性经验，全都不复存在。人类的一切创造都是对自己的约束。但现在没有了！面对画布，只有一个彻底的自由与本性的自己。看看《奥维尔乡村街道》的天空上那些蓝色的短促的笔触，还有《蓝天白云》那些浓烈的、厚厚的、挥霍着的油彩，就会知道，凡·高最后涂抹在画布上的全是生命的血肉。唯其如此，才能具有这样永恒的震撼。

这是一个真正的疯子的作品，也是旷古罕见的天才的杰作。

除了他，没有任何一个神经病患者能够这样健康地作画；除了他，没有任何一个艺术家能够拥有这样绝对的非常态的自由。

我们从他最后一幅油画《麦田群鸦》已经看到他的绝境。大地在乌云的倾压下，恐惧、压抑、惊栗，预示着灾难的风暴即将到来。三条道路伸往三个方向，道路的尽头全是一片迷茫与阴森。这是他生命最后一幅逼真而可怕的写照，也是他留给世人一份刺目的图像遗书。他给弟弟迪奥的最后一封信中说："我以生命为赌注作画。为了它，我已经丧失了正常人的理智。"在精疲力竭之后，他终于向狂乱的病魔垂下头来，放下了画笔。

1890年7月27日他站在麦田中开枪自杀。被枪声惊起的"扑喇喇"的鸦群，就是他几天前画《麦田群鸦》时见过的那些黑黑的乌鸦。

随后，他在奥维尔的旅店内流血与疼痛，忍受了整整两天，29日死去。离开了这个他疯狂热爱却无情抛弃了他的冷冰冰的世界。冰冷而空白的世界。

我先看了看他在奥维尔的那间住房。这是当年奥维尔最廉价的客房，每天租金只有三点五法郎。大约七平方米。墙上的裂缝，锈蚀的门环，沉暗的漆墙，依然述说着当年的境况。从坡顶上的一扇天窗只能看到一块半张报纸大小的天空。但我忽然想到《哈姆雷特》中的一句台词：“即使把我放在火柴盒里，我也是无限空间的主宰者。”

从这小旅舍走出，向南经过奥维尔教堂，再走五百米，便是他的墓地。这片墓地在一片开阔的原野上。使我想到凡·高画了一生的那种浑厚而浩瀚的大地，他至死仍旧守望着这一切生命的本土。墓地外只圈了一道很矮的围墙。三百年来，当奥维尔人的灵魂去往天国之时，都把躯体留在这里。凡·高的坟茔就在北墙的墙根。弟弟迪奥的坟墓与他并排。大小相同，墓碑也完全一样，都是一块方形的灰色的石板，顶端拱为半圆。上边极其简单地刻着他们的姓名与生卒年月。没有任何雕饰，一如生命本身。迪奥是在凡·高去世半年后死去的。他生前身后一直陪伴着这个兄长。他一定是担心他的兄长在天国也难于被理解，才匆匆跟随而去。

一片浓绿的常春藤像一块厚厚的毯子，把他俩的坟墓严严实实遮盖着。岁月已久，两块墓碑全都苔痕斑驳。唯一不同的是凡·高的碑前总会有一束麦子，或几朵鲜黄的向日葵。那是来自世界各地的人们献上去的。但没有人会捧来艳丽而名贵的花朵。凡·高的敬仰者们都知道他生命的特殊而非凡的含义，他生命的本质及其色彩。

凡·高的一生，充满世俗意义上的"失败"。他名利皆空，情爱亦无，贫困交加，受尽冷遇与摧残。在生命最后的两年，他与巨大而暴戾的病魔苦苦搏斗，拼死为人间换来了艺术的崇高与辉煌。

　　如果说凡·高的奇迹，是天才加上精神病，那么，凡·高至高无上的价值，是他无与伦比的艺术和为艺术而殉道的伟大的一生。

　　真正的伟大的艺术，都是作品加上他全部的生命。

天才的悲剧

　　诗人阿赫玛托娃就是苦难的化身，翻译家高莽称她为"苦难的十字架"；她的命运，她的心灵，她的诗歌全都充满苦难，这是源自她忧郁又不羁的天性，还是时代性的悲剧？反正我们很少见到个人的不幸与政治的遭际双重地压在一个女人——天才的女诗人的身上。

　　她三次婚姻三次离婚。第一任丈夫是白银时代重要的诗人古米廖夫，他们在一起八年（1910—1918），由于性格冲突以及古米廖夫另有新欢而分开；第二任丈夫是东方学者希列伊科，他们在一起也是八年（1918—1926），因对方性情暴躁多疑而决裂；第三任丈夫蒲宁是一位艺术批评家，他们共同生活的较长（1926—1938），但最终还是由于意见相左而分手。阿赫玛托娃个性强，不会顺从任何人，如果仅仅由于性格相悖而分开倒不奇怪，最不可思议的是她三任丈夫都是她诗歌的反对者。诗人古米廖夫不认为她有诗人的天资；希列伊科嫉妒她写诗，不准她在朋友面前朗诵诗，还拿她的诗稿烧火；蒲宁也是时时贬低她的诗，在她谈论诗歌时打断她的话，故意伤害她；因使她在与蒲宁十二年的生活中诗作甚少。还有比践踏和伤害诗人高贵的精神自尊更可怕的吗？她几次婚姻为什么始终陷在这种怪圈里？这个纯私人的问题有点宿命的成分。

同时，她又是那个时代的受难者。诗人古米廖夫在肃反时被枪决，据说高尔基曾努力营救他，但没能成功。她儿子列夫由于思想"异端"，一次次被捕。她的诗作是官方不喜欢的。1925年中央政府正式决定禁止出版阿赫玛托娃的作品，这等于自己的精神生命遭到枪决。更严厉的打击是"二战"刚结束的1946年，联共（布）中央发布对阿赫玛托娃和左琴科进行全国声讨，公开辱骂她"半修女半淫妇""没有思想性"和"颓废"，将她开除作家协会，直到1952年才平反。

> 我安然冷漠地用双手
> 把自己的耳朵捂住
> 免得让那些可恶的声音
> 将我忧伤的心灵玷污。

能设身处地想一想她的真实处境与感受吗？

我读了许多她的作品和关于她的书。这一次访俄，特意要到她当年生活的空间里看看，感受一下。我知道圣彼得堡有她的墓地和一处故居。我的时间少日程紧，只能选择一处，我选择她的故居，这里是她与第三任丈夫蒲宁生活的地方，也是她被官方禁止发表诗作那一段人生最苦闷的时期。

今天晴天，不知为什么，一走进离涅瓦大街不远的里捷依内街，就觉得天暗下来，地上到处是黄色半枯的落叶。

阿赫玛托娃就住在一幢名叫"喷泉屋"的公寓楼，楼前是一个乱木横斜的"花园"，公寓太老了，已经很破旧，一如诗人当年住在这里的样子，而且现在里边还住着人，所以博物馆没有大字招牌，只有一小块的带着诗人头像的石碑嵌在墙上。她的故居在三楼，偶尔来的访者就像昔时的串门人。

她的公寓不大。朝南一排四间小屋，窗户上全是树影，朝北只是一条两米多宽的穿廊，一端是厨房，另一端堆着杂物，杂物中有书、破箱子、铁盒、旧衣服、纸筒、诗人自己绣花的一个靠垫；最使我注意的是一副滑雪板；莫斯科冬天的雪很大。

穿廊上两个小门，分别通着餐厅和书房。另两间小屋是卧室。一间卧室是她与蒲宁的，另一间是她与蒲宁离婚后暂住的。他与古米廖夫的儿子列夫一度寄宿在后边的穿廊上，也是从这里被抓走的。

阿赫玛托娃屋中只有简简单单几件家具，一张很矮的单人小床铺着黑色的床单，一个衣柜，一台留声机，一个立式的穿衣镜；

她没有正式的书桌，只有张小方桌，上边放着几页诗稿和一本诗集。有人说她常在后边厨房的窗下写东西，还有人说她半靠在长椅上写作——因为几幅朋友为她画的写生，都是斜靠在长椅上，其实未必，写诗都是"随遇而安"的，诗人真正的书桌是自己的心灵。

再一件是在一个木制的画架上放着的她崇敬并做过研究的普希金的肖像。

博物馆工作人员告诉我，1925年后，为了惩罚她，一度撤掉她的购物证和医疗证，她的经济十分拮据，心情很糟。她偶尔写的诗，由于觉得不安全，便在桌上一个铜质的小烟缸里烧掉。工作人员还指着窗外不远的木叶遮蔽的地方，细看那里有一把黑色的铁椅，据说常常有秘密警察坐在那里盯着她的一举一动。

现在，博物馆在这把椅子上钉着一个铁牌，上边铸着阿赫玛托娃写过的一段文字：

"有人来过，说一个月不准我出门，但要求我不时站到窗前，为的是能从花园里看到我。他们在我窗下的花园里放置了一把长椅，有特务昼夜坐在那里值守。"

从窗里望着下边那把隐隐约约藏在树间的黑椅子，就能体验到当时诗人的心境了。正是这种心境，使我忽然想到她那首著名长诗《安魂曲》中的几句：

我呼喊了十七个月

召唤你回家

我曾给刽子手下过跪

我的儿子我的冤家

一切都七颠八倒，无法分清

今天谁是野兽，谁是人

判处死刑的日子

要等多久才能来临？

　　我知道她曾翻译过两位中国古代诗人——李清照和屈原的诗，我一直不明白她为什么偏爱这两位中国诗人。现在明白了，因为一位充满女性的敏感与忧伤，一位压抑着家国的悲哀与愤懑。她身上兼有这两种体验。

　　苦难出诗人，愤怒出诗人，压抑出诗人，欢乐只能唱出歌来。

　　于是我在博物馆的留言簿上写下一句话：

　　"个人命运的苦难和时代的苦难，都在她一生的悲剧中，也在她永恒的诗里。"

各有各的活法

随笔

低调

　　在媒体和网络的时代，一个人只有高调才会叫人看见、叫人知道、叫人关注。高调必须强势，不怕攻击，反过来愈被攻击愈受关注，愈成为一时舆论的主角，干出点什么都会热销；高调不仅风光，还带来名利双赢，所以有人选择高调。

　　但高调也会使人上瘾，高调的人往往离不开高调，像吸烟饮酒好愈降不下来，降下来就难受。可是媒体和网络都是一过性的，滚动式的，喜新厌旧的。任何人都很难总站在高音区里边，所以必须不断折腾、炒作、造势、生事，才能持续高调。

　　有人以为高调是一种成功，其实不然。高调只是这个时代的一种活法。当然，每个人都有权选择自己的活法，选择什么都无可厚非。

各有各的活法

于是，另一些人就去选择另一种活法——低调。

这种人不喜欢一举一动都被人关注，一言一语也被人议论，不喜欢人前显贵，更不喜欢被"狗仔队"追逐，被粉丝死死纠缠与围困，被曝光曝得一丝不挂；他们明白在商品和消费的社会里，高调存在的代价是被商品化和被消费。这样，心甘情愿低调的人就没人认识，不为人所知，但他们反而能踏踏实实做自己喜欢的事，充分地享受和咀嚼日子，活得平心静气，安稳又踏实。你问他怎么这么低调，他会一笑而已；就像自己爱一个人，需要对别人说明吗？所以说：

低调为了生活在自己的世界里，高调为了生活在别人的世界里。

文化也是一样。也有高调的文化和低调的文化。

首先，商业文化就必须是高调的，只有高调才会热卖热销，低调谁知道谁去买？然而热销的东西不可能总热销，它迟早会被更新鲜更时髦的东西取代。所以说，时尚是商业文化的宠儿。在市场上最成功的是时尚商品。人说时尚是造势造出来的，里边大量五光十色的泡沫，但商品文化不怕泡沫，因为它只求当时的商业效应，一时的震撼与强势，不求持久的魅力。

故而，另一种追求持久生命魅力的纯文化很难在当今时代大红大紫，可是它也不会为大红大紫而放弃一己的追求。它甘于寂寞，因为它确信这种文化的价值与意义。

我很尊敬我的一些同行的作家。在市场称霸的社会中，恐怕作家是最沉得住气的一群人。他们平日不知躲在什么地方，很少伸头探脑，有时一两年不见，看似在人间蒸发了，却忽然把一本十几万或几十万字厚重的书拿了出来；他们笔尖触动的生活与人性之深，文字创造力之强，令人吃惊。待到人们去品读去议论，他们又不声不响扎到什么地方去了。唯其这样才能写出真正洞悉社会人生的作品来。

作家天生是低调的。他们生活在社会深深的皱褶里，也生活在自己的心灵与性情里，所以看得见黑暗中的光线和阳光中的阴影，以及大地深处的疼点。他们天生不是做明星的材料，不会经营自己，只会营造笔下的人物；任何思想者都是这样：把自己放在低调里，是为了让思想真正成为一种时代的高调。

享受一下低调吧——低调的宁静、踏实、深邃与隽永。低调不是被边缘被遗忘，更不是无能。相反只有自信才能做到低调和安于低调。

体内的小人

　　小人，是指人格卑下者。但这里要说的可不是那些在生活中时不时会碰到的小人。我说的小人在我自己的身上，或自己的体内。

　　小人原本在每个人体内，包括伟人，何况我？人本善，还是人本恶，其实善恶兼有；人当然有人性，却也带着兽性，两性并存；善是用来克制恶的，否则便成了恶人；人性要来克制兽性的，不然就成为兽类。小人呢？

　　善与恶和人与兽是对立的，小人却不是。它如果在别人身上很好识别，比如某人好嫉妒，某人好挑唆，某人趋炎附势或卖友求荣，会看得清清楚楚，但这小人在自己身上便不易察觉。它不声不响隐藏在我的体内，暗地作祟，当它表现出来——

由于与自己利害相关，往往并不自知，可是在别人眼里，我就显出那么一种小人的意思来了。人常说，身边的坏人好防，小人难防；可是自己体内的小人就更难防了。

体内这些小人什么模样？弄不清模样怎么防？

昨夜读《山海经》的插图，都是神头鬼脑奇肢怪体，一下子居然"瞧见"了这小人的模样。尖头如锥，小眼如灯，舌如条锯，身如烟缕，这样怪的东西居然就潜藏在我们的体内、甚至是我们的一部分吗？

是的。由于它和我们的私欲、妒忌、虚荣、贪婪等无形地融为一体，不但不被我们发觉，反而成为我们本质的一部分；它也是人的本质和人性的一部分。这样，它就一定会表现出来的。但在它表现出来时是不知不觉的，不会觉察，可是一旦它赤裸裸地呈现出来，我们可就站在高尚的反面和人性的阴影里了。傅雷先生在其所译的《约翰·克利斯朵夫》的序文中不是也说过："真正的光明不会永无黑暗的时刻，真正的英雄也不是永无卑下的情操"吗？

当然，体内的小人最初并不这么可怕。我们或许有点贪心、心生妒忌、有些私欲与别人的利益相关。每当此时体内的小人可就会自然而然地冒出头来。当它满足了我们，使我们得到好处，我们便会放纵它。久而久之，它就来操纵我们，异化我们，一点点使我们成为货真价实的小人。关键是我们能不能抑制它，战胜它。我们不可能消灭小人——因为它是我们的一部分。我们只能抑制小人，对它保持警惕，不能叫它在体内"长大"。从而使自己走向自己的反面。

　　所以，我们必须在自己的心里画一条自我的防线，将体内的小人视作自己的敌人，因为战胜这种体内小人的力量，不在别处，与他人无关，全都在自己身上。

　　我知道，我不可能全部消灭自己身上的小人，但我会对它警惕，以战胜它作为自己为人的快乐。

鲁迅的功与『过』——国民性批判之批判

在盘点二十世纪中国文学时，我们都发现了这个奇迹：鲁迅写的小说作品最少，但影响最巨。他没有我们当下作家的一种恐慌：倘无巨制，即非大家。他就凭着一本中等厚度的中短篇小说集，高踞在当代中国小说的峰巅。而且未曾受惠于任何市场炒作，先生本人也没上过电视，何故？

倘若从文化角度去看，这奇迹的根由便一目了然，就是他那独特的文化的视角，即国民性批判。

作家的眼睛死盯在人的身上。所以，他从这文化视角看下去，不只看到社会文化形态，更是一直看到人的深在的文化心理。那么接下去便是他独有的一种创造：将这文化心理，铸造成一种文化性格，一种非常的人物来；这种人物不是一般意义

各有各的活法

上的个性人物，也不是现实主义文学中的典型人物。他这种人物的个性，全是中国国民共有的劣根性。他是把一个个国民的共性特征，作为个性细节来写的。这就使他笔下的人物具有巨大的覆盖性。比如阿Q——在现实中绝对没有这种人物存在，但在他身上却能找到我们每个人的某一部分的影子。

进一步说，这种共性，不是通常那种人所共有的人性，而是一种集体无意识，是一种文化的特性。我曾经用过一个"文化人"的词语，来述说这种特殊的人物。这里所说的"文化人"，不是"有文化的人"的概念。这个"文化人"是指特有的文化铸成的特有的文化性格。这种性格放在小说人物身上是一种个性，放在小说之外是一种集体性格。当一种文化进入某地域的集体的性格心理中，就具有顽固和不可逆的性质。倘若逆转，极其缓慢。它属于一种根性。当然，任何民族的文化性格都是两面的，一面是优根性，一面是劣根性。可是它像一张纸的两面，是孪生一对生出来的，不能免掉任何一面。但作家的思维天生是逆向的；文学的本质是批判。当它面对文化性格时，肯定要先批判国民劣根性的一面。

然而，在鲁迅之前的文学史上，我们还找不到这种先例。鲁迅是第一位创造性地使用这个文化视角，来观察、感受、认识、分析和批判生活，然后升华出这种独特的"文化人"来。他小说的人物不完全是这种"文化人"。比如，祥林嫂、孔乙己、闰土等，虽然具有世纪初中国人的某些集体性格特征，但还不是纯粹的"文化人"。阿Q则是鲁迅自觉创造的最典型的"文化人"的形象。在鲁迅的杂文中，也有这种潜在的"文化性格"屡屡出现，比如，《聪明人、傻子和奴才》等。这种人物所具有深刻的认识价值，学者们多有论述，本文不做重复。我只想说，我们从这个视角可以发现到其他角度无法发现的内容。比如从这里，我们一下子找到了中国社会痼疾最本质的缘故。同时，这种极其独特的审美形象，自然就穿过那种司空见惯的平庸的文学平面，异彩缤纷地跳跃到中国小说的人物舞台上来。

所以说，作家最关键的是他的视野。视野的关键是视角的独特性。而文学的关键是视野的果实——人物。

鲁迅的这种"文化人"，不是真实的而是逼真的，不是生活的再现而是深层的表现。它既是悟性的发现更是理性的创造。它写出来是专门供"批判"用的，而这批判为了唤起国民的自省。对此鲁迅心里十分明白，做得更明白。鲁迅属于那种像法官一样异常清醒的作家。他始终是瞪着眼看世界，和瞪着眼写他的小说的。

鲁迅是充满责任的作家。当下人们已经很讨厌责任这两个字了。其实责任就是良心。我换句话说——鲁迅是个充满良心的作家。他压给自己的使命是剪断古老的精神锁链，唤醒世人迟钝的心，催动国民的自审与自奋。当然，鲁迅的工作并不是一步到位地直接写给大众看的。大众也根本看不懂他的《阿Q正传》和《狂人日记》。他主要想影响比较高层的知识分子，通过他们去影响一般知识分子，最后影响到大众。他的文学最初是作用于"小众"范围之中的。他的思想之所以能够通过层层影响，直抵时代大众，就足以表现这种思想强烈的现实意义及其力度了。

然而，我们必须看到，他的国民性批判源自1840年以来西方传教士那里。这些最早来到中国的西方传教士，写过不少的回忆录式的著作。他们最热衷的话题就是中国人的国民性。它成了西方人东方观的根本与由来。时下，已经有几家出版社将传教士的这一类著作翻译出版。只要翻一翻亚瑟·亨·史密斯的《中国人的性格》，看一看书中那些对中国人的国民性的全面总结，就会发现这种视角对鲁迅的影响多么直接。在二十世纪初，中国的思想界从西方借用的思想武器之一，就是国民性批判。通过鲁迅、梁启超、孙中山等人的大力阐发，它犹如针芒扎在我们民族的脊背上，无疑对民族的觉醒起过十分积极作用。我这话是说，鲁迅的国民性批判来源于西方人的东方观。他的民族自省得益于西方人的旁观。一个民族很难会站到自己的对面看自己。除非有个对方，便从对方的瞳仁中看到了自己的影像。但鲁迅笔下的"文化人"绝不是对西方人东方观的一种图解与形象化。他不过走进一间别人的雕塑工作室，一切创造全凭他自己。鲁迅从这特殊的文化视角进入中国社会的深层，也就是进入了中国人的文化心理结构之中，淋漓尽致地抒发他的发现与批判的才能。他找到传统社会身体上所有的压痛点与病灶。文学的批判功能被他发挥到极致。由于二十世纪初的中国是个社会更迭的时代，社会命题攸关每一个人的生存，没有给人多少"私人化"的空间，鲁迅的文学作用便变得至高无上。

可是，鲁迅在他那个时代，并没有看到西方人的国民性分析里所埋伏着的西方霸权的话语。传教士们在世界所有贫穷的异域里传教，都免不了居高临下，傲视一切；在宣传救世主耶稣之时，他们自己也进入了救世主的角色。一方面他们站在与东方中国完全不同的文化背景上看中国，会不自觉地运用"比较文化"的思维，敏锐地发现文化中国的某些特征；另一方面则由于他们对中国文化所知有限，并抛之以优等人种自居的歧视性的目光，故而他们只能看到中国的社会与文化的症结。他们的国民性分析，不仅是片面的，还是贬义的或非难的。

由于鲁迅所要解决的是中国自己的问题，不是西方的问题，他需要这种视角借以反观自己，需要这种批判性。故而没有对西方人的东方观做立体的思辨。又由于他对封建文化的残忍与顽固痛之太切，便恨不得将一切传统文化打翻在地，故而他对传统文化的批判往往不分青红皂白。当然，他的偏激具有某种时代的合理性；正是这种偏激，才使他分外清晰和强烈。可是他那些非常出色的小说，却不自觉地把国民性话语中所包藏的西方中心主义严严实实地遮盖了。我们太折服他的国民性批判了，太钦佩他那些独有"文化人"形象的创造了，以致长久以来，竟没有人去看一看国民性后边那些传教士们陈旧又高傲的面孔。

二十世纪八十年代以来，中国的一批"文化电影"在西方获得前所未有的称许，随之便是捧得各种世界级亮闪闪的奖牌回来。在如潮般的赞扬声中，有一种批评极不中听，即"这些电影都是专门拍给西方人看的"。一时，人们都认为那是左爷们僵化的过了时的滥调，哈哈一笑，不去理会。

可是，中国的事常常是你中有我，我中有你。

这一批以文化自审的方式关照生活的电影，之所以为西方叫好，恰恰是由于它们的思想背景巧合一般地印证了西方由来已久的文化偏见。对于西方人来说，他们的东方观总是与最早来到中国的传教士那些国民性的分析一脉相承，遥远又紧切地联系着。这早已经是一种固定不变的成见。一个西方人，尤其是从来没有来到过中国的西方人，你给他一个充满幽默感、性格快乐的中国人形象，他也会摇头说 NO，表示不信；你给他一个呆板麻木的形象，他会叫好。而这批电影通常都没有具体的时代背景，有点超时空的绝对化的味道；人物被放在四面高墙之中，与各种阴影生活在一起，个个性格怪异，行动诡秘，不是性压抑就是性变态。这种故事愈强化，愈神秘化，就愈会被西方人认作是经典的东方。因为神秘二字，正体现西方人因文化隔绝而产生的对东方的感受。我虽然不认为这批电影是有意地去"取悦洋人"，但它们的确没有走出一个多世纪以来的西方中心主义的磁场。他们的文化指针依然对准在亚瑟·亨·史密斯的刻度上。

最后要说的是，我之所以在本文标题《鲁迅的功与"过"》的过字上加一个引号，是想表明这个把西方人的东方观一直稀里糊涂延续至今的过错，并不在鲁迅身上，而是在我们把鲁迅的神化上。这话怎么讲呢？

中国文学有个例外，即鲁迅一直是文学中唯一不能批评的作家。也许由于他曾经被毛泽东评价为"伟大的思想家、革命家和文学家"——先把他在政治上定了"革命"的性，再在前边加上"伟大"的桂冠，他就变得神圣而不可侵犯了。一个作家被奉若神明是可悲的。最有活力的作家总是活在褒贬之间的。他原本是一个勇士，却在他的四周拉上带电的铁丝网。他生前不惧怕任何人责骂，死后却给人插上"禁骂"的牌子。这一来，连国民性问题也没人敢碰了。多年来，我们把西方传教士骂得狗血喷头，但对他们那个真正成问题的"东方主义"却避开了。传教士们居然也沾了鲁迅的光！

国民性批判问题是复杂的。它是一个概念，两个内涵。一个是我们自己批评自己；一个是西方人批评我们。后一个批评里浓重地包含着西方中心主义的立场——它们亦是亦非地纠缠一起。尽管留下的问题十分复杂，但还得说清楚：我们承认鲁迅通过国民性批判所做出的历史功绩，甚至也承认西方人所指出的一些确实存在的我们国民性的弊端，却不能接受西方中心主义者们关于中国"人种"的贬损；我们不应责怪鲁迅作为文学家的偏激，却拒绝传教士们高傲的姿态。这个区别是本质的——鲁迅的目的是警醒自我，激人奋发；而传教士却用以证实西方征服东方的合理性。鲁迅把国民的劣根性看作一种文化痼疾，应该割除；西方传教士却把它看作一种人种问题，不可救药。

二十世纪八十年代末，我尝试使用文学来表达我对传统文化症结的认识与发现。我采用辫子、小脚和阴阳八卦，作为传统文化——主要指封建文化的顽根性、自我束缚力和封闭性自我循环的文化黑箱的一种意象来写。我之所以没有像鲁迅那样把这些文化特征转变为一种人物性格，是因为，只要我往这方面一想，马上就觉得自己成了鲁迅的仿制品。能被人模仿是杰出的，叫人无法模仿才是一种伟大和独有的创造。写到这里，即刻停笔，真怕我也把我敬重的人神化。

沉默的脊梁 *

　　人身上最承重的是脊梁。但脊梁隐藏在后背里看不见。它终日坚韧地弯成弓状，默默地承受着背上沉重的压力。有时，在过重的负担下脊骨会发出咯吱一响。可是只要脊梁不断，便会把任何超负荷的重量扛住。从来没有一个人的脊梁是被压断的。

　　《中国民间守望者》中的人物全是这样。他们是民族文化事业的脊梁。当全球化的飓风把我们的文化遗产吹得纷飞欲散之时，这些人毅然用身体顶上去。他们不在世人们关注的范围内，故而既没有迎面

----

　　* 本文为冯骥才为图文集《中国民间守望者》所作序。

送上来的香喷喷的花束，也没有频频的雪亮的曝光。他们远离繁华闹市，身在荒野或大山之间，孤立无援，形影相吊，财力微薄，却倾尽个人之所有，十数年乃至数十年如一日，为民族抢救和守候住一份实实在在的灿烂的遗产。如果没有他们，明日的中华文化版图将会出现许多永无弥补的空白。

他们以舍我其谁的精神，把整个民族的文化使命放在自己背上。他们是用身体做围栏，保护着我们的精神家园。这种行为有如文化的清教徒。所以他们不求闻达，含辛茹苦，坚韧不拔，默默劳作。然而，今天我们把他们推到社会的台前，不只是为他们鸣冤叫屈，呼唤公平，而是张扬一种为思想而活着的活法，一种对文化的无上尊崇的感情，一种被浅薄的商业化打入冷宫的高贵的奉献精神与使命感。

这些当之无愧的文化守望者，有的与我早早相识，一直是我钦敬的朋友；也有的东西南北各在一方，心仪已久，却无缘相见。不管对他们知之或深或浅，这次仔细读了他们的事迹，仍为他们非凡的文化行为和卓然的业绩深深打动。由此深信在我国首次文化遗产日里，他们将以强大的感召力和人格魅力，呼唤出更多的文化良心与文化情怀。

由于民间文化守望者都是沉默的行动者，我们知之不多，挂一漏百，在所难免。故此，深望本图集将引起社会关注这真正的精神一族和文化一族，让整个社会都能感到脊梁在为我们负重和使劲，并促使各种力量汇集到民族精神的脊梁中来。

思想与行动

在巴黎罗丹纪念馆静谧的院中，我举着一把黑布伞凝视着那座世人皆知的思想者的雕像。细密的秋雨淋着他铜绿色赤裸的肩背，亮光光寒冷的雨水沿着他的臂膀和手流到双腿上，但他一动不动，紧张的思想使他忘却一切。于是，在我眼里，它不再是一个沉思的人，而是思想本身。它是拟人化的思想的形象。

《思想者》是对思想的颂歌。

人类社会只要还在进步，就需要思想。人类靠着自己的思想穿过一道道生活的迷雾从历史走到今天。但今天的迷雾只有靠今天产生的思想廓清。二十世纪身陷贫穷的中国人不可能有当今被淹没在汪洋大海般物欲中的困惑。因此一切真正有价值的思想都来源于对现存世界的怀疑。它的本

各有各的活法

质，即是批判性的，又是创造性的。思想永远是一种先觉的社会理性。

思想是被现实的困境逼迫出来的。它不是空想联翩与向壁虚构。它与活生生的现实对话，还一定要作用于现实之中，影响和改变现实。那么谁是思想的实践或实现者呢？

在历史上用行动去完成自己思想的人大多是政治家。或许有人说，政治家可以使用手中的权力，文化人手中却只有一支笔。所以在常人眼中，文化人只能是发发议论和牢骚、大声呼吁乃至做个宣言而已。可是，晚年的托尔斯泰为什么要离开在亚斯细亚波利纳亚庄园极其舒适的生活，频繁而焦灼地介入社会事件，甚至去做灾民调查？他似乎连文学也放弃了。

思想是现实的渴望。它不是精神的奢侈品。它必须返回到现实中去。最好的实践者是思想者本人。特别是我们关于经济全球化中本土文化命运的思考，一直与本土文化载体的大量消失在同一时间里。我们等待谁去援救那些在田野中稍纵即逝、呻吟不已的珍贵的本土文明？所以行动者一定是我们自己。

这不是被动的行动。它是思想的一部分。

所以我说，我喜欢行动。不喜欢气球那样的脑袋，花花绿绿飘在空中。我喜欢有足的大脑，喜欢思想直通大地，触动大地。不管是风风火火抢救一片在推土机前颤抖着的历史街区，还是孤寂地踏入田野深处寻觅历史文明的活化石。唯有此时，可以同时感受到行动的意义和思想的力量。

行动使我们看到自己的思想。充实、修正和巩固我们的思想。我们信奉自己的思想，并不是狂妄自大和自以为是，而是因为这些思想在现实中得到一次又一次的验证与吻合。这一切都必须经过自己的行动。

因此多年来，我一直是边思考边行动。我喜欢这样的感觉：

在行动中思考。使思想更富于血肉，更具生命感。随时可以在思想中触摸到现实的脉搏；

在思考中行动。使足尖有方向感，使行动更准确和深刻，并让思想在现实中开花结果。

摸书

名叫莫拉的这位老妇人嗜书如命。她认真地对我说：

"世界上所有的一切都在书里。"

"世界上没有的一切也在书里。把宇宙放在书里还有富余。"我说。

她笑了，点点头表示同意，又说：

"我收藏了四千多本书，每天晚上必须用眼扫一遍，才肯关灯睡觉。"

她真有趣。我说：

"书，有时候不需要读，摸一摸就很美，很满足了。"

她大叫："我也这样，常摸书。"她愉快地虚拟着摸书的动作。烁烁目光真诚地表示她是我的知音。

谈话是个相互寻找与自我寻找的过程。这谈话使我高兴，因为既找到知己，又发现了自己有一个美妙的习惯，就是摸书。

闲时，从书架上抽下几本新新旧旧的书来，或许是某位哲人文字的大脑，或许是某位幻想者迷人的呓语，或许是人类某种思维兴衰全过程的记录——这全凭一时兴趣，心血来潮。有的书早已读过，或再三读过，有的书买来就立在架上；此时也并非想读，不过翻翻、看看、摸摸而已。未读的书是一片密封着的诱惑人的世界，里边肯定有趣味更有智慧；打开来读是种享受，放在手中不轻易去打开也是一种享受；而凡是读过的书，都成为有生命的了，就像一个个朋友，我熟悉它们的情感与情感方式，它们每个珍贵的细节，包括曾把我熄灭的思想重新燃亮的某一句话……翻翻、看看、摸摸、回味、重温、再体验，这就够了。何必再去读呢？

当一本古旧书拿在手里，它给我的感受便是另一般滋味。不仅它的内容，一切一切，都与今天相去遥远。那封面的风格，内页的版式，印刷的字体，都带着那时代独有的气息与永难回复的风韵，并从磨损变黄的纸页中生动地散发出来。也许这书没有多少耐读的内涵，也没有多少经久不衰的思想价值，它在手中更像一件古旧器物。它的文化价值反成为第一位的了，这文化的意味无法读出来，只要看看、摸摸，就能感受到。

莫拉说，她过世的丈夫是个书虫子。她藏书及其嗜好，一半来自她丈夫。她丈夫终日在书房里，读书之外，便是把那些书搬来搬去，翻一翻、看一看、摸一摸。每每此时，"他像醉汉泡在酒缸里，这才叫真醉了呢！"她说。她的神气好似看到了过去一幅迷人的画。

我忽然想到一句话："人与书的境界是超越读。"但我没说，因为她早已懂得。

关于敦煌样式
——为纪念藏经洞发现百年而作

一

在我中华博大和缤纷的壁画宝库中，敦煌壁画特立独行，风格殊异，举世无双。它既与中原壁画，无论是寺观还是墓室壁画的面貌迥然殊别；亦与西域各窟的画风相去甚远。这区别不仅是文化意蕴的不同，地域风情的相背，更是一种极具个性的审美创造。只要我们的目光一触到敦煌的画面，心灵即刻被它这种极其强烈的独特的审美气息所感染！从艺术上说，敦煌壁画是东方中国乃至人类世界一个独有的样式，这便是敦煌样式。如果我们确定这一个概念，我们就会更清晰地看到它特有的美，更自觉地挖掘其无以替代的价值，并甘愿被征服地走入这种唯敦煌才富有的艺术世界中去。

然而，敦煌样式源自何处？它经历怎样的形成过程？哪些是它的审美特质？谁又是它的缔造者？

写到这里，我便感到自己已然置身在一千年前茫茫戈壁滩那条响着驼铃的丝绸古道上了。

二

在海上丝绸之路开通之前，中国面向外部世界的前沿在西部，其中一扇最宽阔的大门便是敦煌。博大精深的中华文明自神州腹地中原喷涌而出，经由河西走廊这条笔直的千里通道，穿过敦煌，向西而去，光芒四射地传布世界。同时，源自西方的几大文明，包括埃及文化、希腊文化、西亚文化，以及毗邻我国的印度文化，亦在同一条路线上源源不绝地逆向地输入进来。东西文化的交汇与碰撞，便在这里的大漠荒滩上撞出一个光华灿烂的敦煌。

然而，敦煌却不是东西方文化的混合物与化合物，也不是多种文化相互作用后自然而美丽的呈现。它有一个主体，就是中华文化。我们可以从莫高窟壁画史清晰地看到外来文化——主要是佛教文化和希腊化的佛教艺术渐次中国化的奇妙过程。但是中华文化只是一个大主体。它中间还有一个具体的强有力的地域性的文化主体，便是敦煌一带的历史主人——北方少数民族。

北方民族在中国历史上一直扮演着非凡的角色。从秦代到清代，统一的王朝总共有七个朝代，其中有两个朝代——蒙古族建立的元朝和满族建立的清朝就是北方民族政权。这两个朝代在中国历史上共占据了429年。但这还只是少数民族入主汉地建立的政权。如果再算上一些少数民族在北方割据性的地方性政权，他们在中国历史上发挥重要作用的时间至少六个半世纪。如果单说敦煌，它可从来就是北方民族专用的历史舞台了。

敦煌内外，除去祁连山和天山两大山脉，余皆一马平川的荒漠与渺无人迹的沙海；这里，骄阳似火，寸草不生，了无生息，寂寥万里；然而强烈的阳光却溶化了山上的积雪，晶莹地渗入山脚的荒滩与沙碛，形成一个个鲜亮耀眼、充满生气的绿洲。这便成了游牧民族生息与传衍的地方。自先秦的戎、羌、氐、大夏，到两汉时期的塞人、胝人、匈奴人、乌孙人，都曾轮流地称霸于此。在莫高窟的开凿期，柔然鲜卑和铁勒突厥就是在这里当家的主人。而整个莫高窟的历史中，吐蕃、党项、回鹘、蒙古，都曾做过敦煌的统治者。中国的古城很少有敦煌这样的多民族都唱过主角的斑斓的经历。艺术是生活最敏感的显影屏。我们自然可以从莫高窟的壁画上找到这些昔日的主人们形形色色奇特的音容笑貌，精神气质，以及他们独有的文化。

首先是洞窟唯一的写实人物——供养人，照例一律都是当时流行的装束与打扮。于是，我们便能看到这些北方各族虔诚的信徒，侍立在他们所敬奉的神佛一侧最真切的模样。倘若仔细端详，在不同民族称雄敦煌的时代，那些神佛的形象也微妙地发生了变化。人们信手画出的人物，总是与自己所熟悉的民族的、国家的乃至地域人的容貌相似。故此，这些神佛的面孔往往也带着自己民族的印记。比如西夏时代那些长圆大脸、高鼻细眼、身材健硕的菩萨，倘若换上凡人衣履，干脆就是纵马狂奔的强悍刚猛的党项族的壮汉。

这样，无论是鲜卑、吐蕃、党项，还是回鹘与蒙古，都曾给敦煌带来一片崭新的风景，注入新的活力以及独具的文化内涵。习惯于绕行礼佛的吐蕃人，不仅带来一种在佛床后开凿通道的新型窟式，带来《瑞象图》、带来了日月神、如意轮观音和十一面观音，更带入藏传的佛教文化；党项人不单给敦煌增添神秘的西夏文字、龙凤藻井和绿壁画，而且注入了一种带着女真族和契丹族血型的西夏文化；在敦煌听命于蒙古人的时代，窟顶上布满的庄重肃穆的曼陀罗只是一种异族风情的表象，关键是这一时期，忽必烈为莫高窟进一步引进了源自印度、并被藏族发扬光大的密宗文化。

北方民族之所以都为莫高窟做出贡献，是由于他们全部信奉佛教。他们身在华夏之西端，最先接受外来的佛教并将其中国化。在酷烈和恶劣的自然环境里，这些游牧性质的民族，生命一如荒原上的飞鸟走兽，危险四伏，吉凶未卜。对命运的恐惧时时都在强化着他们对神灵的敬畏与企望，信仰便来得分外虔诚。这一份至高无上的心灵生活就被他们安放在莫高窟中。尽管敦煌的权位常常易主，莫高窟却永远是佛陀的天下。在这里，人最绝望的痛苦——死亡得到了最美好的解释，世间的折磨得到抚慰，不安的灵魂归宿于绝对的宁静。这佛陀的世界不是上古时代各族先民们共同的理想国吗?

同时，共同的理想也在融会着他们彼此相异的文化，而这最深刻的融汇成果，是凝结成一种文化精神。

那么在这个层面上，我们所要注意的不再是壁画上各个民族特有的形象、方式与文化符号。而是他们共同的一种气质。不论他们各自是谁，他们全都在河西、西域，以至连同中亚的广阔而空旷的大地上奔突与驰骋。他们和他们拥有的马群与羊群混在一起，追逐着鲜美的青草与甘洌的溪水，以及丝绸之路上的种种机遇，从而获得生命的鲜活与民族的延续。他们彼此之间一直是一边友好交往，一边为夺取生存条件而相互厮杀；相互依存又相互对抗，相互学习又相互争夺；他们的精神彼此影响，性情彼此熏染，热辣辣并虎虎生气地混成一片。相异的历史形成他们各自的风习，相同艰辛的生活却迫使他们必备同样的气质，那就是：勇猛、进取、炽烈、浪漫、豪放与自由自在。

就是这种北方各民族共有的精神气质与文化特征，形成了敦煌样式深在的文化主体。

三

北方民族的这种文化主体，不是一种实体性质的文化。它不具备中原的汉文化那样的系统性和完整性，也不像汉文化吸纳外来文化时，表现出那么清晰和有序的演变过程。但是作为北方民族一种共有的和整体的精神气质，却顽固地存在着。不管来自域外或中原的文化如何强劲，这种精神气质却依然故我。

从莫高窟历史的初期看，域外文化与中原文化的影响总是交替出现。有时是由西域石窟直接搬来的域外的面孔（如北魏和北周一些洞窟的彩塑与壁画），佛之容颜全是外来的"小字脸"；有时则是本地魏晋墓室壁画固有的那种中原作风（如西魏和隋代一些洞窟壁画），连佛本生的故事看上去都像中原的传说。但，即使在这一时期，我们也能看到两条脉络：一是中华文化主体的渐渐确立；一是西北民族的主体精神渐渐形成。若说中华文化，即是世俗化、情感化、审美的对衬性，雍容大度的气象，以及线描；若说西北民族的精神，则是浪漫的想象、炽烈的色彩、雄强的气质，辽阔的空间，还有动感。

敦煌样式的成熟与形成是在莫高窟的鼎盛期——也就是从初唐到盛唐。到了这个时期，中华文化的主体牢牢确立，西北民族精神气质从中成了敦煌的主调。

这首先应归功于大唐盛世。当大唐把它的权力范围一直扩展到遥远的中亚，客观上敦煌就移向了大唐的文化中心。唐代是中原的汉文化进入莫高窟的高潮，从儒家的入世观念到艺术审美方式，全方位地统治并改造了莫高窟的佛陀世界。

只有自己的文化处于强势，才能改造乃至同化外来文化。对于外来的佛教来说，中国化就是文化上的同化。所以佛教的中国化和佛教艺术的中国化，都是在大唐完成的。这个中国化的结果便是敦煌样式的形成。但关键的是，确立起来的敦煌样式极其独特，它与中原的大唐风格全然不同。如果把莫高窟第45窟的壁画与陕西乾县章怀太子墓和永泰公主墓的壁画相比较，竟如天壤之别，完全是两种不同的模样！这不仅是儒家和佛家境界的区别，绘画传统与审美习惯的差异，更是汉族与西北少数民族的精神气质的迥然不同。

应该说，在强盛的大唐文化熔化了莫高窟，并且进行再造的同时，西北民族把自己的精神溶液兑了进去。这样，如果我们再去看榆林窟3窟的《普贤变》与莫高窟3窟的《千手千眼观音》——这两幅标准的地道的中原风格的壁画，反觉得它们有些异样。尽管这两幅中原式的壁画当属超一流的杰作，但它们身在敦煌，却好似孤立在外，缺乏敦煌壁画一种特有的东西——那种独一无二的敦煌样式与敦煌精神，还有敦煌的冲击力和魅力。

四

在莫高窟作画的画工总共有多少人？从来无人计算，也无法计算。敦煌石窟的历史上下千年，壁画的面积四万五千平方米。历代画工的总数自然是成千上万。他们都是从哪里来的哪个族的画工？来自中原还是西域乃至遥远的印度，抑或是本地的丹青高手？回鹘族？党项族？藏族？蒙古族？还是汉族？在漆黑的洞窟中，偶然被我们发现到的写在壁画上的画工的名字，也不过十来个而已。从这些由画工们作画时随手写上去的自己的姓名看，如雷祥吉、温如秀、史小玉等，多半是汉族；但平咄子、氾定全等等显然是北方民族的画师了。这些奇特的姓氏在中原是绝对见不到的。

从河西到西域那么多石窟，壁画的需求量极其浩大。而且它们地处边远，绝少人迹。在那个最多只有驴马和骆驼代步的中古时代，绝不会有大批中原画家来"支边"。故此敦煌的画工主力一定源自本土；既有汉族的，也有各少数民族的。北方民族的画工对于敦煌的意义，是他们亲手用画笔来把自己的人生梦想与审美追求形之于洞窟中。至于那些生活在当地的汉族画工，也自会去努力投合本地的窟主——那些富有的供养人的习惯与偏好。这在客观上，就与北方民族画工的精神风格"主动地"保持一致了。

然而，这个由始以来就处在东西方文化交汇处的敦煌，对外来的新事物一直保持着高度的敏感与好奇，很少保守和排斥。从不断进入莫高窟的东西方的两方面的画风看，来自西域乃至印度的风格一直是固定不变的，而来自中原的画风却常常随同时代的更迭而花样翻新。这些变化在洞窟中留下划时代的美的变迁。但是由于供养神佛的窟主往往是西北民族，画工常常又是西北民族，中原文化进入莫高窟的同时，便被改造了，变成一种"敦煌"味道的壁画。在文化的传播中，只有被当地改造并适应当地的文化的才能驻留乃至扎下根来。这便是敦煌样式形成的深层过程。

等到敦煌样式真正成熟之后，后代画工便会自觉或不自觉地依循这个样式来作画。即使是最优秀的中原的绘画技术，如唐代的大青绿画法，宋代山水技法以及唐宋人物画的线描技法等，也不能取而代之，必须以迎合的姿态融会其中。至此，敦煌的样式才是真正的独立于天下。

五

我们若用西北民族的精神语言去破译敦煌，一切便豁然开朗。

敦煌艺术的冲击力，首先来自那些在大漠荒原上纵骑狂奔的西北人不竭的激情。这激情在洞窟内就化为炽烈的色彩和飞动的线条，以及四壁和穹顶充满动感的形象。比起山西永乐宫、河北毗卢寺、北京法海寺、蓟县独乐寺那些中原壁画，后者和谐雅丽，雍容沉静；前者浓烈夺目，跃动飞腾；神佛也都富于表情，个个神采飞扬，不像中原壁画中的那些面孔，大多含蓄与矜持。至于在敦煌的壁画上处处可见的飞天，则离不开西北人对他们头顶上那个无限高远的天空的想象。那里的天宇，比起中原内地，辽阔又空旷，浩无际涯，匪夷所思；在这中间，再加上他们自由个性的抒发，佛教中的乾闼婆和紧那罗，便被他们发挥得美妙神奇，变化万端。他们还把这神佛飞翔的天空搬到洞窟里来，铺满窟顶；世界任何石窟的穹顶也没有敦煌这样灿烂华美，充满了想象。西北人如此痴迷于这窟顶的创造，是否来自他们所居住的帐篷里的精神活动？反正那些源自印度犍陀罗窟顶的藻井，早已成了西北民族各自心灵的图案了。

习惯于迁徙的西北民族，眼里和心中的天下都是恢宏又浩大。为此，在华夏的绘画史上，他们比中原画家更早地善于构造盛大的场面。兴起于隋代和初唐的《阿弥陀净土变》《观无量寿经变》和《西方净土变》，展现的都是佛陀世界博大又灿烂的全貌。我们暂且不去为画工们的构图与绘画的杰出能力而惊叹。在此，我们应该看到的是，这种对理想天国热烈和动情的描绘，恰恰表现了在艰辛又寂寥的环境生存着的西北民族的精神之丰富和瑰丽！

饱满华美、境界宏大、充满激情、活力沛然、想象自由、情感浪漫，以及它无所不在的动感与强烈的装饰性，都是西北民族的整体个性的鲜明表现。它对外来文化的好奇与吸纳，表现了地处中华丝路前沿的人们文化的敏感性；它种种图案乃至花边与花饰，虽然各有特色，并都是各民族自己的文化符号，但在汉人眼里他们却是同一种异样的形象；至于敦煌壁画分外有力的流动感与节奏感，叫我们联想到那些响彻从中亚到我国西北的那些异域情调的胡乐。敦煌不是浓浓地浸透着这种西北民族独有和共有的文化吗？

一般看上去，西北民族比较分散，各有各的历史及民族特征，谁也没在敦煌石窟中形成自己的气候。而且它们又处在中原文化强势的笼罩中。这样，我通常只把敦煌艺术当作中华文化中的一部分，最多仅仅是带着一种地域风格而已。

现在应当确认，敦煌艺术是中华文化的一部分，但它不是一个派生的和从属的部分，而是其中一个独立的艺术样式与文化样式。对于丝路上东西方的文化交流，整体的中华文化是敦煌石窟的文化主体；对于中华文化范围内各个民族和各个地域之间的多元交流，西北民族是敦煌石窟的主体。只有我们确认这个主体及其独具的样式，我们才是真正读懂了艺术的敦煌。

元代的敦煌留下一块古碑，它刻于1384年（元至正八年）。名为"六字真言碑"。所谓六字真言碑即碑上所刻"唵、嘛、呢、叭、咪、吽"六字，分别为汉文、西夏文、梵文、藏文、回鹘文、八思巴文六种文字。这六种文字在当时都是通用的。

石头无语，文字含情。它无声却有形地再现了敦煌当时生动的文化景观。那就是西北民族在历史舞台上的活跃与辉煌。

站在这个意义上，我们就会更自豪地说敦煌艺术天下无双。

六

促使本文写作冲动的直接缘故，当是书中这些迷人而珍奇的照片。这些堪称佳作和力作的照片，全都出自摄影家吴健之手。穿过他那个"非常专业"的摄影镜头，我们强烈地感受到大西北雄奇的风物和灿烂的历史创造，并且不知不觉沿着他的摄影路线往下走去——我们始于唐代故都西安，途经扶风天水，翻越崆峒六盘，直穿河西走廊，抵达安西敦煌，再出阳关玉门，远涉西域诸城……这样一路下来，已是满目璀璨；处处山水，别有奇丽，人文风景更是异变无穷。我忽有所悟，这路线不正是当年张骞、法显、朱士行和玄奘的西征之路吗？待要从中寻找上古先贤们那些英雄般的足迹时，又有所悟，吴健这一路所拍摄下来的遗址与石窟，不就是昔时东西文化交流留下的一个个清晰的见证吗？

在这些照片上，风物仅仅是自然环境，人文历史才是它的主题。稍稍留意，就会发现，吴健的摄影路线就是依循着千年之前东西文化往返传播的路线。当我们的想象在这条路线上缤纷地展开时，吴健才不慌不忙地为我们捧出了美丽的敦煌。没有辽阔的横向视野，就没有纵向深入的思维的穿透力。显然，吴健的镜头里有一种大气磅礴的历史观了。

也许由于我从事创作的习惯，画面形象最能调动我的灵感。我一看吴健这些表现西域和河西的空间浩博的照片，眼前即刻全是纵骑狂奔的西北民族轮廓坚硬的面孔。比起对敦煌样式的本质认识得更早，就已经从石窟中看到了那种属于西北民族的剽悍又浪漫的精髓了。

谁的摄影作品能启发出这种理论思考？

吴健首先是一位颇具才气的摄影家。他天性豪爽重义，又耽于思索。大西北这片无边无际的荒沙大漠，正契合了他放达又含蓄的天性。在这片天地里，没有复杂的构成，没有过多的细节累赘，没有暧昧的光线。它开阔、明朗、流畅，又宁静和清纯，有时还略带一点忧郁；这既是西部的风格，也是他作品的风格。两种风格的重合——也许正是这位出生内地的摄影家，偏偏定居在千里之外的边地敦煌的真正缘故。

然而，这位供职于敦煌研究院的摄影家，又是一位敬业的敦煌文化工作者，他那终日在壁画上流连的镜头，不仅是对美的寻觅和记录，更追求一种发现。这发现不仅仅停留在壁画表层，还进入思考的深层。这样，他才奔波万里，历尽辛苦，为我们拍摄下相关于敦煌的浩瀚的版图，使我们能从中来认识敦煌更巨大与深在的价值。

那么，读者从中是否也会另有心得与发现？吴健和我，都期待着。

各有各的活法